文春文庫

楽に生きるのも、楽じゃない

春風亭昇太

JN211554

文藝春秋

楽に生きるのも、楽じゃない／目次

ママさんコーラス入門　9
雪見鍋　13
原稿が進まないので、こんな歌をつくってみました。　18
夢をかなえるのはむずかしい　24
おじさんのこと　31
またまた歌をつくってみた。　50
仕事の話　54
カレーパンのこと　74
弟子希望者列伝　81
サンドバッグをもらう　92
寝起きの巻　104
午後の巻　110

水槽飼育者の生活　116
鳩との日々　122
引っ越し日記　127
暑さ勝負　133
僕は三八　139
人生が二度あれば　146
大読書家への道　166
秩父夜祭日記　184
末広亭の楽屋の火鉢　199
名前ってむずかしい　202
バンジー日記　207
ピノキオの夜　212

ベトナムウソツキ日記　219
実録・石和《いさわ》ざぶとん亭　226
隣の人生　230
台湾棒球見学隊　233
キューバの旅　249
あとがき　263
文庫版のためのあとがき　その1　265
文庫版のためのあとがきのあとがき　その2　268
〔特別対談〕
落語の自由　春風亭昇太×立川談春　273

楽に生きるのも、楽じゃない

文末、文頭の★以下の部分は、再文庫化にあたり加筆しました。

ママさんコーラス入門

僕はママさんコーラスが嫌いだ。

だいたい自分たちのことに、さんづけするとはなにごとだ。若い者に意見出来ないぞ。一度、どのくらいママさんコーラスに耐えられるか、怖いもの見たさにママさんコーラスの会場に足を運んだことがあった。

むやみに元気がいい、不必要なほど人数の多い受付を通ってロビーにはいると、ひとがいっぱいで、サンドイッチを食べたり、ドーナツを食べたりしている。ママさんはどうしてあんなにドーナツが好きなのだろう。おたがいにすすめあって、ジュース代金のお釣りの一〇円をどちらが受け取るかを延々とやりあっている。ママさんはお釣りのやりとりが好きなのだ。

受付で「一般を一枚ください」と言ったら、すごく驚かれた。関係者や友達、親戚ばかりで、一般券など売ったことがないのだろう。「あのひと、一般よ」という好奇の目にさらされながら、ロビーを歩く。

会場にはいる。一杯だったロビーにくらべて場内はパラパラだ。

歌っている。おなじみの黒のロングスカートに白いフリルのついたブラウスに身を包んだひとたちが歌っているではないか。

皆が、あのお決まりの格好をしているが、あれはなにか、日本ママさんコーラス協会みたいなものがあって、コスチュームは白と黒、といった決まりでもあるのだろうか。

童謡の「山寺の和尚さん」を歌っているが、そのままをすなおに歌えばいいのに、変な編曲をしているので、童謡がもっている素朴さや、愛らしさがまったく伝わってこない。

右側のひとたちが、

「山寺の」

と歌うと、すかさず左側のひとたちが、

「ぽん、ぽん、ぽん」

と狂ったように相の手をいれる。

不自然なまでに口を開けているが、あんな顔しないと、ママさんコーラス界では生きていけないものなのか。

「しょ、しょ、しょじょじ」

指揮者にむかって二、三〇人が白目をむいている。

怖い。なぜ「しょじょじ」を白目むいて歌わなくてはならないのだろう。

野性の雄叫《おたけ》びのような「山寺の和尚さん」が終ると、どうだろう。今まで薬を打ったようにトランス状態で歌っていたママさん達は、急に何かをやりとげた満足げな表情になって、戻って行った。

次の団体がでてきて、同じように白目をむいて「ちいさい秋みつけた」を歌っている。

「だーれかさんが、だーれかさんが、だーれかさんが、みつけた」

見つけられたら恥ずかしいぞ。

「ちいさい秋、ちいさい秋、ちいさい秋みーつけた」

強弱がつきすぎなんだよ。

よく見ると、さっきロビーでドーナツ食べてたママさんだ。ママさんは自分たちが歌っている以外はコーラスにたいして興味がないらしい。

どうでもいいけど、どうやらママさんの指導者にはマニュアルがあるみたいなのだ。

そこでお茶の間でもできるママさんコーラスマニュアル。
1　白目をむいて歌う
2　歌詞の内容により、時々作り笑いをして目を細める
3　歌いにくいほど、口を開けて歌う

4　指揮者を凝視して、首を振って歌う
5　歌い終わったら、満足げな顔をし恍惚の表情でスリ足で戻る
6　自分の出番が終わったら、他のコーラスは聞かず、お茶受けにドーナツを食べる

さあ、これであなたもママさんコーラス。

雪見鍋

目を覚ますと、自分が、体を横に「く」の字に曲げながらも、顔は天井にむいているという、とても不自然な格好で寝ていたことに気づいた。

布団が首の部分まできれいにかかっているので、知らないひとが見たら寝相が良く、安らかに休んでいるように見えるだろうが、じつは布団のなかの体はよじれていて苦しい。それはまるで水面で優雅に泳ぐ白鳥も、水面下では必死に足で水を掻いているのに似ている。

「そんなわけないだろ」

と自分自身につっこみをいれてみるけれど、しょせんひとりなので、いれっぱなしで終わってしまう。

昨夜はなにを飲んで、なんの話をしたのだろうと思い出してみるが、断片的にしか思い出せないので、たぶんたいした話はしなかったのだろう。

　時計を見ると一〇時をまわっている。さあ、これからどうしようかなと考えたが、今日は仕事が休みなので、まあどうでもいいか。

　ボンヤリしていたら寝てしまっていたようで、時計は一一時を過ぎていた。新聞を読みたいのだが、表に取りに行くのが寒くていやなので、天井を眺める。二週間前の週刊誌のページをめくる。意味なく布団のなかで転がったりしてみたがただ時間が過ぎていくだけだった。

　ふと、あたりが妙に静かなことに気がついた。家族で住んでいるひとが多いこのマンションは、前の道路で子どもが遊んでいる声などが聞こえるのが常なのだが、聞こえないのだ。それに窓の外がいつもより明るい。

　もしかすると、あの日なのだろうか。

「勝負」

　窓を開けると、冷気と一緒に白い物が飛びこんできて、そしてそれは絶え間なく空から降ってきている。

「やったよー。この日を待ってたんだよー」

　口のなかで小さく叫ぶ。息が白い。

　昔から、平日に雪が降ると、その雪を見ながら鍋をやって一杯飲むのが自由業の特権であり、駅にむかうひとを眺めながらのお酒こそが、源泉徴収で、お前達あやしいから先に一〇パーセントを税金として集めとくぞと、お国から完全に信用されていないような職業にでも就いて良かったと思える瞬間だ。でも最近は雪が降っても、そんな日に限って仕事があったりして、雪運が悪く、雪見の鍋は四年ぶりになるのだ。

「湯豆腐だな、これしかないな」

久しぶりのロケーションには鍋の王道、いぶし銀の湯豆腐と決定。

すぐに着替えて外に出たところで、財布を忘れていることに気がつく。慌《あわ》てている自分がおかしい。うれしいと失敗も腹が立たないものなのだ。

靴の底で雪を、ほぎゅ、ほぎゅ、いわせながら近所のスーパーに飛びこむと、ネギと白菜、そして豆腐のコーナーへ足を速める。長ネギで、ブロッコリーを眺めているおばちゃんを払うようにして豆腐のコーナーにむかった。

「絶対に、これだな」

絞り出すように自分に言いきかせて手にしたのが、〈特選本づくり、絹〉二八〇円だった。普段なら、豆腐ごときがなぜこんなに高いんだよー、とくるところだが、今日は事情が違う。〈本づくり、湯豆腐のつゆ〉も購入。今日は本づくりに弱い。

「ひゃーい」

意味不明の言葉を発しながら部屋のなかにはいると、まず長火鉢に炭を熾《おこ》す。

この長火鉢は部屋でのお酒ライフを充実させるために買ったヒット家具であるが、最近これにさらに強力な助っ人《すけっと》が加わった。山梨県の石和《いさわ》の古道具屋でようやく見つけた、銅製の湯沸かしで、これを長火鉢に設置して、お燗《かん》をつけるのだ。

炭を熾した後は鍋だ。小さめの土鍋に水を張り、以前仕事で行った利尻島で貰《もら》った昆《こん》布《ぶ》を敷き、ネギ、白菜をウッシ、ウッシと切っていれる。そして〈特選本づくり、絹〉だ。手のひらにのせると、プリプリ冷たい。大きめに右から包丁を入れて、鍋のなかで偉そうにしているネギ、白菜をけちらして真ん中に〈特選本づくり、絹〉を安置して沸騰を待つ。

次はビールを用意し、ちゃぶ台を長火鉢の横に置いてから鍋を見ると、ふたの穴から湯気が出ている。作りだしてからこの間十数分。ことあるごとに鍋を作って、お酒を飲んでいる実績は伊達《だて》ではないのだ。

ビールを一気に喉のなかに通す。鍋のふたを開ける。湯気のなかに特選本づくりが顔をだす。針金職人の父を持つ、古今亭菊若（現・駿菊）さんに貰った豆腐すくいに豆腐をのせ、本づくり湯豆腐のつゆにつけて、食べる。

「本づくりだな。こりゃ、本づくりなんだよ。これなんだよ」

長火鉢でつけた熱燗を飲む。

「ふふ、おぬしも……」

まだまだ止む様子のない雪を眺めながら、熱燗、豆腐、熱燗、ネギ、豆腐、熱燗、白菜、ネギ、豆腐、熱燗、熱燗。

もっとよく雪を見ようと、窓を開けてベランダにでてみる。ベランダ用のゴムのサンダルは雪で埋もれ、時間が時間なので駅にむかう人はもう歩いていない。

次はもっと早く起きなきゃなと思いながら振りむくと、窓を開けた寒気を受けて鍋から激しく湯気が昇っていた。

やっぱり自由業はやめられない。

原稿が進まないので、こんな歌をつくってみました。

みんなで元気に歌おう
「昇太の応援歌」

作詞・田ノ下雄二／作曲・個人個人の自由に

暖流ながるる　黒潮の
磯にたゆたう　藻のように
波の動きに　同調し
密《ひそ》かにおこなう　光合成
いけ　いけ　昇太　おおまかに
いけ　いけ　昇太　適当に

19　原稿が進まないので、こんな歌をつくってみました。

空にそびゆる　富士山の
影に隠れて　風よけて
仕事があったら　仕事をし
仕事がなけりゃ　休んでろ
寝ろ　寝ろ　昇太　ゆっくりと
寝ろ　寝ろ　昇太　熟睡だ

清き大地の　まほろばに
呑気《のんき》なひとが　住むという
お酒を飲んだら　朝帰り
歳はとっても　若づくり
そろそろ　昇太　しゃんとしろ
そろそろ　昇太　嫁もらえ

ふたりでしんみりしよう

「東京寄席しぐれ」（デュエット曲）

作詞・アマンド雄二／作曲・例によって勝手に

男　粋な小紋の着流しで　行ってくるぜと振りむけば
かわいいおまえの目に涙　なにか　嫌なことあったのか
女　ごめんなさいね　悲しいの　だって昨日も午前様
ひとりで行った　居酒屋で　ギャラをみんな　飲んじゃって
男　ごめんよ
女　いいのよ
二人　どれだけふたりがつらくても　笑ってくれる客がいる
いつかふたりの　ああ　東京寄席《よせ》しぐれ

（セリフ）
男　お茶をくんな。なにーっ、お茶っ葉が切れてる。コーヒーは？　それも切れてる。
えーい。なにか切れねぇものは、ねーのかー。
女　あんたと私の、縁が切れないよ。
男　こいつは、一本取られたぜ。

二人　よーし、座布団三枚、持ってきなー。ハッハッハッハー。

男　いつか楽屋の真ん中で　前座を全員叱りつけ
　もらった焼酎《しょうちゅう》飲んでやる　男が立てた　でっかい夢さ

女　かっこいいわよ　おまえさん　上下関係　利用して
　文句も言えぬ者イビリ　私もやって　みたいわよ

男　やるかい

女　いいのね

二人　どんなに高座がウケなくたって　ストレス解消できたなら
　いつかふたりの　ああ　東京寄席しぐれ

（セリフ）

女　そういゃあ、ゆんべ、おかみさんから電話があったわよ。

男　馬鹿野郎、なんで早く言わねぇんだ。で、なんだって。

女　師匠が死んだって。

男　テヘッ、名前もらえるかも知れないなぁ。こいつは春から縁起がいいや。

二人　香典、万札三枚もってきなー。ハッハッハッハー。

郷土民謡「昇太かせぎ唄」

歌・正調かせぎ唄保存会の皆さん

アチョイヤサーチョイヤサー　お稼ぎよー
ハアー音に名高き　そのネタを
アソレ聞いてほしいや　あの娘《こ》にもー
高座上がれば　座布団敷いて
春も来んのに　アチョイト　銭の花ヨー
タントくれ　タントくれー

アチョイヤサー　チョイヤサー　お稼ぎよー
ハアー駿河《するが》はなれて　東へ百里
アソレ　花は桜木　仕事は落語
高座上がれば　四半時でよー
杖もないのに　アチョイト　銭の山ヨー
タントくれ　タントくれー

アチョイヤサー　チョイヤサー　お稼ぎよー
ハアー　稽古忘れて　酒飲むひとは
アソレ　情けかけても　鼻にはかけず
高座なけれゃー　三日でよー
引いて行くのは　アチョイト　銭の波ヨー
チョットくれ　チョットくれー

筆は進んだがムナシクなった……。

夢をかなえるのはむずかしい

僕は小さいころからやりたかったことを、大人になってから近ごろ次々達成している。これは、まさに僕が生きている証《あかし》である。子どものころ、年齢や住んでいる地理的な問題、経済的な理由などで達成できなかったことを、できることから片っ端からやってやろうと思っているのである。これがとても気持ちいい。

まずは車だ。子どものころ、我が家には車がなかった。親は免許すら持っておらず、バイク一台家にはなかったのだ。しかし一九六〇年代、車は今のようにどこにでもあるようなあたりまえの存在ではなく、はるか遠くに光り輝く星のような存在だった。テレビも昔は家のなかで、いちばんエライ電化製品だったけど、車には足元にもおよばない。

だから車を持っている家が羨《うらや》ましくて、時々乗せてもらったりすると、もううれしくてうれしくて、その夜興奮して眠れなくなるくらいだった。

あれから三〇年、車が欲しくてたまらない。でもここが問題だ。今の日本車はちっとも乗りたいと思わない。当時の日本車が欲しいのだ。三〇年前の車だから、中古車と言うよりもクラシックカーに近い。現代の車にくらべたら、飛躍的に性能は落ちる。スピードはでないから高速に乗れない。いつ止まるかわからない。

でも僕から言わせれば、今の、どのメーカーも同じような個性のないデザインの車に乗って、なにが楽しいんだかわからないのだ。当時の日本車の、自由で個性溢れるスタイルのかっこよさが理解できない方がオカシイのだ。

先日、師匠の家に行った帰り井ノ頭通りを通りかかると、懐かしい車がたくさんおいてある店を見つけた。ふらっと立ち寄ると、子どものころ盛んに走っていたパブリカ800という車があった。次の日も気になって見ているうちに、どうしても欲しくなって、買ってしまった。このあたりが独身者のフットワークの良さだ。

そのお店には、ラビットという昔のスクーターも置いてあった。ラビットも近所のおじさんが乗っていて、憧れだったんだよね。よーしいつか二輪の免許も取ってラビットにも乗るぞ……。

パブリカ800が納車されてからは、暇があれば洗車をし、近所をトコトコ走る。エアコンなんてもちろんついていない。三角窓を全開にして走ると、日本の良き時代の風が車内に入りこむ。首あてもついてなけりゃシートベルトもない昔の車なので、法律違反ではないが命がけだ。とてもいい気持ち。タイヘンヨクデキマシタ。

子どものころの夢は車だけではない、食べ物もある。メロンだ。

今、メロンというとなにやら、安いのから高いのまでいろいろ種類があるが、僕が子どものころはメロンと言ったら、もうメロンだけで、とにかく高い果物だった。

僕はこの高価なメロンを半分に切って、カレー用のスプーンでガシガシ食ってみたかった。

前座のころ、これをやった。

駅前でマスクメロンの一万円のやつを買った。

オバチャンから、

「ぞーとー用ですか」

と聞かれ、

「ぞーとー用です」

と答えると、

「じゃあ、木の箱のにしますか」

と一万三〇〇〇円のやつを勧められそうになったので、

「たいした、ぞーとーじゃありませんから」

と言って、紙の箱にいれてもらったメロンを、食べごろである二日後まで冷蔵庫に保管をし、いよいよ長年の想いがこもる僕の胃へと、メロンを贈答することにした。

まな板の上にのせると、やわらかみを増したメロンは、まな板の上にしっとりとなじむように静かに転がる。あらかじめ自分で砥石《といし》で研《と》いでおいた包丁を取りだし、メロンに包丁をいれる。

包丁に体重をのせると、スーッと包丁がメロンのなかにはいる。同時に切れ目から、果汁と一緒に、甘いメロンの香りが広くはない僕の台所中に広がってゆく。

軽く包丁を動かすと、コロンとメロンがふたつになり、まな板の上には、果汁と種の一緒になったやつが、惜しげもなくこぼれていくではないか。

スプーンで、種の部分は流しに捨てる。

さあ、いよいよだ。

カレー用スプーンをメロンのなかに突き刺して、弧を描くように軽くすくうと、「M」の卵くらいの果肉がのっている。果汁をボタボタいわせながら口にいれ、口全体でメロンを押しつぶす。果肉が一瞬にして果汁に変わる、そのやわらかな食感がたまらない。

甘い。うまい。

ふたたびスプーンを動かし、口にいれる。うまい。また口にいれる。うまい。……これを繰り返しメロンの半分を皮だけにする。まだ半分ある幸せ。

残ったメロンを手に持って、また食べる。嗚呼《ああ》タイヘンヨクデキマシタ。

スイカをむさぼるようにグシャグシャ食べたい、という夢もあった。子どものころスイカを食べたことがないわけではないけれど、原始人のようにスイカを暴れ食いしたらさぞ楽しかろう、とずっと思っていた。でも水っぽいスイカをそんなふうに食べたら始末に負えないんじゃないか、ということでできなかった夢を、フローリングのマンションに引っ越したときにやってみた。

近所のスーパーでスイカを一個買ってくる。スイカ丸ごと一個を網の入れ物にぶら下げて家路につくのは、夏の醍醐味《だいごみ》で、ひとが持って歩いているのを見てもなぜか心がなごんで、いいものである。冷蔵庫の邪魔なものをかたづけて、しきり棚をひとつ取って丸ごと冷やす。

冷えるのを待つこと数時間。フローリングに新聞紙を敷き、短パンにTシャツ姿の万全の格好で包丁片手にスイカを取り出す。包丁をいれる。スイカ独特のワシャーッという音を立てて、スイカがふたつになる。見事な赤のなかに黒い種が点々とある。

さらに包丁を使って、ふたつを四つに、四つを八つに切っていく。切りやすいので簡単だ。

使い終わった包丁は流しに持っていく。これから始まる修羅場《しゅらば》には、刃物はあまりに危険すぎるのだ。

準備が整ったら、スイカを前にしてひと呼吸入れ、

「うぎゃ」

のかけ声とともにスイカにかぶりつく。最初の一撃で早くもほっぺたはスイカの汁だらけだ。「カシャッ、カシャッ」と素早く食う。種なんか、そのままだ。子どものころ言われた「お腹《なか》こわすから種は出しなさい」というのは、少しずつ食べさせる陰謀に違いない。ドンドン食う。耳の方まで冷たいスイカの汁がついている。でも平気。バンバン食う。ジャンジャン食う。首の方まで汁が垂れてくる。全然平気。

「ひぃー」

時々奇声を上げながら食べまくるが、半分ぐらい食べたところで、飽きてきた……。さすがに九〇パーセント以上が水分のスイカだ。お腹もタプタプになっている。残ったスイカをラップでくるんで冷蔵庫にもどす。

Tシャツも短パンもスイカの汁だらけだ。新聞紙もビショビショで床ににじみ出している。顔のまわりはベタベタし、足の裏とフローリングの床の関係も悪化している。種が足の裏に張りつく。モットガンバリマショウ。

このように実現してみてよかった夢と、たいしたことのなかった夢を取り混ぜて、い

ろいろやってきた。スイカの次は、大好きなのに、母親が着物の仕立てをしていた関係で飼うことのできなかった犬を飼う夢を実現させようと思ったが、ひとりぐらしで、家を空けることの多い僕が犬を飼うことなどできるわけがないのだが、想いは尽きることがない。

先日、友人たちと飲んでいる席で、「犬を飼いたいので結婚しようと思うんだけど」と言ったら、その場にいた女性から「女をなんだと思っているんだ」と総スカンを食った。

やっぱり、夢をかなえるのはむずかしい。

おじさんのこと

1

生まれて初めてひとの死体を見たのは、小学校五年生の日曜日だった。遊びに出かけようとしていた僕は、自転車置き場で親に呼び止められて振り返ると、父親が困ったような顔をして立っていて、「雄二、おじさんが死んじゃったんだよ」と言った。

しかし、そんなことを今まで言われたことがなかったので、なんて答えていいのかわからず、ただ「ふーん」とだけ答えた。すぐに支度をしろと言われたけれど、べつにおしゃれをするわけでもないので、そのままの格好で、親の後について歩きはじめた。

おじさんの家は、我が家から歩いて一五分くらいのところにあった。学校の帰りなどによく寄っていたので、場所は親に連れて行かれなくてもわかっていたのだが、こんな日は親に連れて行かれるのが決まりのような気がして、後からブラブラ歩いて行った。その日はやけに天気のいい日で、歩きながら道ばたの雑草を蹴り飛ばしたり、手でむしったりしながら歩いているうちにおじさんの家についた。

おじさんの家では大人たちがなにやら準備をしていたが、皆が忙しそうにワサワサ動いているわりには静かで、なんとなくひんやりしている。おばさんがいる部屋に通されると部屋の真ん中に布団が敷いてあって、そこに横たわっているひとの顔には白い布がかけてあり、とっさに、テレビで見たのと同じだ、と思った。

そのひとの横に座るように促《うなが》され、のぞきこむように顔を近づける。父親が顎の方から、やっぱりテレビで見たのと同じように、やけに丁寧にその顔にかかった布をめくると、いつものおじさんがそこにいる。

初めて、死んだひとを見た。はっとして、五センチぐらい後ずさったが、それは気味が悪いとか、怖いとかではなく、おじさんの大きさに驚いたのだ。今考えれば、あんなに近くでおじさんを見たことがなかったからだろうが、そのときは死んでるひとなのにあんなに大きいということが不思議でならなかった。

部屋を出ると、親戚のおばさんたちから「おじさんに、会ってきたの」と聞かれた。

死んでいるのに、「会ってくる」という言葉の使い方に、なんとなく自分が大人の世界にはいっていることを感じていると、「もう、帰っていいよ」と言われた。

もときた道を戻り、自転車に乗って友達の家に遊びに行ったのだが、行く家、行く家、だあれもいなかった。

2

うちの父親はサラリーマンで、ニュースはＮＨＫ、新聞は『毎日』と非常に一般的で、お酒で酔っぱらった姿も見せず、僕が当時好きだった岡崎友紀のレコードを眺めながら「佐良《さがら》直美の方が歌はうまいぞ」と言うくらい面白味はないひとだったが、そのおじさんはそんな父とは正反対で、そばにいるだけで面白いひとだった。

おじさんは、父方の七人兄弟の長男で、家が僕の通っていた小学校の通学路のそばにあったため、学校帰りによく遊びに行った。

とはいっても、クラブ活動もなにもない小学生のことなので、学校帰りというと午後四時半ごろだから、普通のおじさんと呼ばれる人たちは、まだ会社から帰っていない時間帯なのだが、僕のおじさんは、そんな時間に遊びに行ってもだいたい家にいて、「おお、来たか」などと言いながら、三つにたたんだ布団に、まるでソファのように身をあずけて僕を迎えてくれた。僕としては、いつも家にいて遊んでくれるおじさんはまことに重宝《ちょうほう》な存在だったけれど、今思えば、おじさんはいてもおばさんは不在が多いという、ちょっと変わった家だった。

ある日、いつものように学校帰りにおじさんの家に行くと、やっぱり家にいて、「おお来たか」と迎えてくれる。

相変わらずたたんだ布団を背にしていたおじさんと、なにを話すでもなく、ふたりでテレビを見ていた。僕はべつにその状態でもよかったのだが、おじさんはおじさんなりに気をつかってくれているのであろうか、一五分おきぐらいの割合で、

「学校おもしろいか」

とか、

「テストできたか」

とか、

「最近、背が伸びたんじゃないのか」

などと、子どもにむかって喋るときの基本みたいな、どうでもいいような会話をしかけてくるが、僕の方も、子どもが大人にむかって喋るときに、いちばん簡単で応用がきく「まあまあ」という言葉を覚えていたので、その言葉しかおじさんに返さない。当然のごとく会話は弾まず、またしばらくふたりでテレビを見続けていた。

最後の会話から一五分が過ぎようとしたころ、

「おっ、冷蔵庫開けてみろ、すごくおいしいものがはいっているから」

と、とてもいいことを思いついたように笑って言った。

当時の僕は飲料水フェチで、飲みものがなくてはいられなかったころで、なかでも炭酸水こそが飲料水の王様だと思っていた。僕にとって、冷蔵庫のなかにあるすごくおいしいものと言ったらサイダー以外には考えられなかった。

「冷蔵庫のなかはなんだと思う」

と聞かれて、初めて、まあまあ以外の言葉である、

「サイダー」

と答えた。するとおじさんは、

「そうじゃない。もっとうまいやつだ」

サイダーよりうまいものがこの世にあるとも思えなかったが、次に好きだった、

「ペプシ・コーラ」

と答えると、「それも違うぞ」と言う。

なんだろうと思いながらも「ラムネ」「カルピス」「ヤクルト」と好きな飲料水を並べてみるのだけど、ぜんぜん当たらない。しびれを切らしている僕に、おじさんは、

「よーし、それじゃあ冷蔵庫を開けてみろ」

と言い、僕がダッシュで台所の冷蔵庫を開けると、そこには冷やした緑茶がコップにはいっていた。

今なら「なんだこりゃ」と言えるのだが、当時まだかわいかった僕は、一応、「あっ冷たそう」と、ものすごくあたりまえで無難な感想を口にした。

「そうか、じゃあ半分だけ飲んでいいぞ」

ただでさえ炭酸水でなくてガッカリしているこの期《ご》に及んで、半分だけはないだろう。なんの感情も湧かなくなって、冷蔵庫のなかにはいっているコップを取り出すと、ご丁寧にもお店で貰ったコカ・コーラのコップだった。

「ほら、飲め半分」

半分と言うのはどのへんなのだろうと思いながらそれを口にすると、炭酸のシュワシュワのかわりに、お茶っ葉が舌にからみついてきた。

「うまいか……」

「うん……」

このへんでおじさんなりに、今与えている飲み物が甥っ子にとても不評だ、ということがわかってきたのだろう。

「……そうか……じゃあ全部飲んでいいや……」

ひと口目でもう嫌になっている僕に、名残惜しそうにそう言い、またふたりでテレビを見はじめた。

さすがに気まずくなって、何気なく、

「おじさんはなぜ、いつも家にいるの」

と聞くと、おじさんは、

「なんで家にいるか、と言うとだなあ、おじさんは体の具合が悪いからなんだよ」

と言った。

なにかとてもいけないことを聞いてしまったような気がして、僕が黙ると、おじさんも黙って、ふたたびふたりのテレビ鑑賞が始まった。

三〇分も黙って見ていただろうか。とつぜんおじさんが、

「雄二、お使いに行ってくれ」

そう言って、新聞広告の裏に地図を書きだした。

「お前に頼みがあるんだ、やれるか」

なにをやるのか解らないが、とにかくこの場合、

「やれる」と答えると、

「これは、誰にも喋ったらいけないんだ。おばさんにも、お前のお父さんにもだ、わかるか」

「わかった……」なんかすごいことになってきてドキドキした。

「よし、このお店に行ってこの紙に書いてあるものを買ってこい。いいか、絶対おばさんに見つかるなよ。買ってからも隠して持ってこい」

そう言って僕にメモ用紙と五〇〇円くらいのお金を渡した。

なんだかわからないがすごく緊張しながら、見慣れた通りを歩き、地図どおりに進むとそこには酒屋さんがあった。

なかにはいると店のおばさんがでてきて、

「あら、なんにします」と笑っている。しかし気が抜けない。なにしろ家族にも内緒の買いものなのだ。

恐る恐る、紙に書いてあるものを読み上げた。

「ゴードー焼酎」

「ハーイ、焼酎ね。梅酒作るのー?」

秘密のものにしては、やけに陽気だ。レジで、どこの子なのー、などと言われながら、焼酎とお釣りを渡され、焼酎のはいっている茶色の紙袋を隠しながら、おじさんの待つ部屋に戻った。

幸い、おばさんはまだ帰っていない。

「梅酒作るの?」

と紙袋を渡すと、笑いながら、

「そうだ。お前のお父さんに絶対言うなよ。お釣りは、こづかいだ」

そう言うと酒のはいっている袋を、たたんである布団の下に隠して、ニコニコしている。そのうち取り出して、ごそごそやっている。布団のなかで梅酒を作っている様子はなく、どうやら飲んでいるらしい。

体のどのあたりの具合が悪いのか、わかったような気がしたが、布団にもたれてゴソゴソやっているおじさんの後ろ姿は妙にうれしそうだった。

3

父親からおじさんの家に行くように言われた。

なにごとかと思ったら、おじさんから僕が家に来るように、電話があったというのだ。そんなことなら直接僕に言えばいいと思うのだが、このへんがこのおじさんのわからないところでもある。

自転車に乗っておじさんの家にむかった。行く道すがら友達に会ったが、

「どこいくの」

「ちょっと」

と挨拶《あいさつ》らしい挨拶もせず、と言うよりはほとんど無視して、ペダルを全速力でこいだ。

これは、当時僕が使っていた自転車がとてつもなく格好悪いもので、とても友達に長々と見せられるしろものではなかったからだ。

当時の自転車は、現在のように気楽に購入できるようなものではないぜいたく品だった。外《はず》れやすいチェーンを手を真っ黒にしながら装着し、油を差し差し大事に乗るのだが、何年も乗っているうちにスポークは曲がり、車体も錆《さ》びついてくる。今のように優秀な錆取り剤などないころだから、金属ブラシで錆をゴシゴシ落としてから油をつけた布で拭くという、原始的な作業をするのだった。

「新しい自転車ほしいなあ」

と父に言ったとたん、

「お父さんの子どものころは、自転車なんかなかったんだ。錆びたらその上からペンキを塗って乗ったもんだった」

自転車がなかったと言いながら、ペンキを塗って乗ったという。矛盾してないかと考えていると、父親はもう手にペンキと刷毛《はけ》を用意しているではないか。

「やめて」

の声が出る前に、ペタペタ音を立てて、どうでもいいような肌色をしたペンキで自転車が塗られていく。みるみる格好悪い自転車が誕生し、それ以来、仲間に自転車を見られないようコソコソ隠れるように乗っていたのだ。

その、ものすごく格好悪い自転車をなるべくひとに見られないように、猛然とこぎまくって、おじさんの家に到着した。

玄関を開けると、おじさんは待っていて、僕が、

「来た」

と言うと、

「おっ、来たのか？」

と、ひとを呼んでおいて、無責任なことを口にする。

「どうだ、学校は面白いか」

とか、

「テストできたか」

と、いつもの会話を適当にすまして、しばらくすると、

「お前、見たか」

とおじさんが切りだした。

「なにを？」

「いや、おじさん、すばらしいものを発明したんだよ」

でた。おじさん得意の、〝すばらしいもの〟だ。しかも今度は発明ときた。

「なんなの」

「お前、わからないか」

「……」

部屋のなかを見回したが、なかなか見つからない。仕方がないので、

「よーく、見てみろ」

「わからないよ」

と言うと、

「ヒントは庭だ、見て来い」

庭にでてみると、庭の真ん中にある池のへりでなにかが動いている。

「どうだ。すごいだろ」

庭に面した部屋の戸が開いて、とても満足げなおじさんが笑っている。

改めてよく観察をすると、それは扇風機のモーターに、トタンを切ったような羽根がついていて、その羽根が半分水のなかに浸かっていて、モーターが回転するたびに羽根が回って水をたたき、水しぶきが立っているのだ。

「雄二。金魚はなあ、水中に酸素がないと死んじゃうんだ。これがあれば水のなかに空気がはいって金魚は死なないんだよ。こんなの、お前の家の池にはないだろう」

たしかに、この装置は家にはないし、たぶんどこの家にも置いていないだろう。

「すごいモーターだろ。おじさんが扇風機を拾って作ったんだよ」

　ほんとうにすごいと思ったので、

「うん」

と言うと、おじさんは満足げに庭に降りてきて、うれしそうにスイッチの部分をいじった。水をたたいている羽根が、早く回転したり、遅く回転したり三段階に切り替わった。たしかに扇風機のモーターを使っているようだ。

　しばらくして、今度は自主的におじさんの家に行った。

「おっなんだ、遊びに来たのか。学校面白いか？」

　このひとは、子どもに喋りかける言葉の種類が少なすぎる。

「池の機械は？」

　正式名称が解らないので、そう聞くと、

「あっあれか。あれはダメだ。羽根が回っているのに金魚は寄って来ちゃって、羽根に当たって死んじゃうんだよ。金魚は馬鹿だなあ」

　金魚が馬鹿なのか。

　しかし池では相変わらず扇風機のモーターが音を立てて回っている。

「羽根の回る場所の下にガラスの板を入れたからもう大丈夫だ」

　さも金魚を助けてあげたかのように、満足げな表情で縁側で仁王立ちしている。

　池のなかを見れば、確かにファンの下にガラスが張ってあるのだが、横はがら空きで、ここから羽根に近づく金魚はどうするのだろう。

数ヵ月してから、またおじさんの家に行った。

池の機械はなかった。

「あれ、どうしたの」

「あれか。あれは電気で動いているからなあ。モーターが池に落ちて感電して、金魚がみんな死んじゃったんだよ。危ないなあ。お前も危なかったぞ、電気には気をつけろ」

どう気をつければいいのだろうかと考えこんで、しばらくおじさんとの会話が途絶えると、おじさんが言った。

「どうだ、学校おもしろいか」

4

我が家に、おじさんが遊びに来た。

あまり家に遊びに来たことがなかったので、おじさんと背景がかみ合わなくて、変な感じがしたのだが、とにかくおじさんは我が家にいるのだ。

うちの親とさかんに体のことを喋っている。どうやらおじさんは入院していて、外出許可が下りて家に遊びにきたらしい。それなら自分の家に帰ればよさそうなものなのだが。

話は、天気がいいとか、アユ釣りは面白いとか、どーでもいいことに終始したのだが、おじさんの入院生活の話になって、

「ほら、病院で薬をたくさんくれるだろう。暇だから、あの包み紙とか、カプセルの薬を入れてある透明のケース使ってなあ、飛行機作っているんだよ」

飛行機と聞いて、つい身を乗り出すと、おじさんもそれを見て、

「銀紙をピリピリはがしてなあ、作るんだよ。すばらしいのできたんだよ」

「なんの飛行機作っているの」

「ゼロ戦だ」

当時の子どもにとって、この第二次世界大戦中の日本海軍の戦闘機、ゼロ戦という言葉は魔力的な力をもっていて、少年コミック誌の巻頭の特集になったりしていた。飛行機と言えばゼロ戦。ゼロ戦と言えば飛行機。ゼロ戦にあらずんば、飛行機にあらず。というよりゼロ戦しか知らなかった。

「ゼロ戦なの」

「そうだ、かっこいいぞ。銀紙でできているからな」

よくわからないが、とにかく格好よさそうだ。おじさんの横で、なんでも教育的な話題に持ち込もうと、父親が、

「飛行機はアルミでできているから、もともとは銀色なんだ。その上から迷彩の意味で色を塗っているんだな」

とアルミ会社に勤めている理工系のひとらしく、ウンチクをたれているが、そんなことは耳にはいらない。

「ゼロ戦なの、かっこいいの」

「そうだ、すばらしいぞ。ちょっと、あんなのないな」

「そうなの」

「欲しいか」

初めに飛行機の話題がでたところでその言葉を待っていたので、即座に、

「欲しい」

と言うと、おじさんは満足そうに、

「そうか、欲しいか。じゃあ、あげよう」

「わーっ」

と、ひと通り盛り上がったのだが、後が続かない。

その後、ふたたび大人たちの話になったり、ゼロ戦の話になったりと一進一退の攻防となる。

そのうちおじさんの帰る時間が近づいてきたので、

「ゼロ戦は」

と言うと、

「ああ、ゼロ戦なあ、どうする」

どうするって、さっきくれるって言ってたじゃないの。

その後の記憶が定かではないのだが、きっと僕がグズグズ言ったのだろう。おじさんと僕はバスのなかにいた。

「ゼロ戦は強かったの」

「ああ、いちばん強かったんだ」

「今でも」

「今でも、あったら強いんじゃないか、まあおじさんのゼロ戦は手作りだから、普通のゼロ戦とはちょっと違うけどな」

普通とは違うゼロ戦とは、いったいなんなのか。このへんのおじさんのトーンダウンに早く気がつけばよかったのだが、子どもだから相手の顔色を見るということができない。

病院に着くと、まっすぐおじさんの病室へと進む。病院特有の匂いのなかで、看護婦さんがやたらときれいに見える。当時から制服好きだったのだろうか。

途中おじさんは、何度も、

「まあ、ちょっと違うけどなあ」

などと言っているが、見たことのない総合病院のなかが珍しくて耳にはいらない。

部屋にはいくつかベッドが並んでいて、同室のひとたちに、

「これ、甥《おい》っ子。勉強できるんだよ」

と僕の成績など、知りもしないのに紹介している。そしておもむろに、

「これがゼロ戦だあ」

と得体の知れない銀紙の塊を指さした。

それは木の板の台から延びた一本の針金の上で、飛行機の形をしたものがブラブラ頼りなく揺れていて、雑誌やプラモデルで見たゼロ戦とはたしかにちょっと違う。いや違いすぎる。

「どうだ」

「うん……」

「かっこいいか」

「うん……」

今のように腹芸《はらげい》ができない僕の表情は、完全に曇っていたのだろう、おじさんは、

「これなあ、この木の台にも銀紙張ったら、もっと良くなるな……」

などと言い、同室のひとたちも取りなすように、僕にむかって、

「いいの、貰《もら》ったねー」

などと言っている。

「気をつけて帰れよ……」

おじさんはベッドの上で、みるみる病人らしくなっていった。

★今でも時々、おじさんのことを思い出す。映画『男はつらいよ』を見るときは必ず頭に浮かんでくる。寅さんと違って、いつも家にいて、恋もしていなくて、あまり働いてなかったみたいだから、もっとおばさんは大変だったろうが、僕にとっては面白いおじさんだった。でも、あんなおじさんは当時どこにでもいたんだと思う。きっと、今はあのタイプの人は住みにくい日本になっているのだと思う。
寅さんだって映画だから面白い人だけど、本当に家族にいたら、めんどくさい人だ。そんな話を若い人にしたらポカーンとしていた。『男はつらいよ』を見たことがないらしい。僕にも住みにくい世の中になってるようだ。

またまた歌をつくってみた。

みんなで歌おう

「アナログ機甲戦士　ショーターの歌」

歌・ガガーリン昇太と世田谷三丁目少年少女合唱団

今日も聞こえる前座の悲鳴
極悪非道の客がいる
弁当食ってるやつはだれだー（だれだー）
無駄口しているやつはだれだー（だれだー）
アナログ戦士の鉄拳だー
扇子（パーンチ）

手ぬぐい　（首締めー）
そーれ　とどめの　座布団アタック　（やったー）
だけどー　ララー　ウケないときもあるんだよー
頑張れ　みんなの　アナログ機甲戦士　ショーター

幕が上がればお前の出番
通ぶってる客がいる
鼻で笑ってるやつはだれだー　（だれだー）
メモを取ってるやつはだれだー　（だれだー）
なんのために聞いてんだー
三味線　超音波　（超音波）
提灯《ちょうちん》　火攻め　（火攻め）
そーれ　とどめの　新作アタック　（やったー）
だけどー　ララー　認められたいんだよー
頑張れ　みんなの　アナログ機甲戦士　ショーター

かわいく歌おう
アイドルソング「天使の羽織」

歌・キャンディー昇太

この胸キュンとなったとき
魔法の羽織を投げるのね
あなたのハートを包みこみ
おんなじ紋に染め変えちゃうわ
ラブラブ　羽織の後ろには天使の羽が生えてるの
まだまだ夢見る三八歳よー

くちびるキュッとかんだとき
魔法の羽織を投げるのね
隣のいいひと押しのけて
羽織の紐で縛っちゃえ
ドキドキ　羽織の後ろには天使の羽が生えてるの
ノンノン子どもの三八歳よー

53　またまた歌をつくってみた。

甘い危険な夕暮れは
魔法の羽織を投げるのね
いたずら夜風よ吹いてよね
裏生地オシャレを見てほしい
ランラン　羽織の後ろには天使の羽がはえてるの
チャンスは少ない三八歳よー

仕事の話

1

落語家を十何年もやっていると、仕事で感動したり、得をしたり、感謝したりと、様々でくわすものだ。しかし当然のように、そんなにありがたい仕事ばかりではない。とてつもなく情けない仕事にもたくさん出会ってきている。

落語家としての仕事であれば多少条件が悪くても我慢ができるものなのだが、変わった仕事というのは、その落語で世間に認められていない（現在でも認められているとは思わないけど）前座のころに多かったように思う。

一九八二年に僕が春風亭柳昇に入門し、早くもその三週間後にはいった記念すべき第一号の仕事がこれだ。

入門をすませ、見習い期間も三日で終わった僕に（一般の師匠であれば、普通は見習い期間として二、三ヵ月、長い師匠になると一年近く着物のたたみ方、楽屋での礼儀作法などを教えこむものなのだが、我が師・柳昇はこれを、「やっているうちに覚えるよ」ということで三日で終了したのだ）前座の先輩が声をかけてくれて、この初仕事が実現した。

ある日いつものように、寄席の楽屋で仕事も覚えていない僕が隅っこの方でボンヤリしていると、先輩が、

「おまえ、明日さあ仕事ある？」

と言ってきたが、落語もろくにしゃべれない僕に、仕事などあるわけがない。

「あのー、仕事はありません」

と言うと、

「じゃあ頼むわ」

ということで、落語家になって、つまり社会人になっての初仕事は唐突に決まった。

仕事は簡単で、午後には終わるという。そのかわり朝が早いらしく、その先輩の家に泊まって早朝にでかけた。

ひと気のない、朝の道をトボトボ歩くと野球場に着いた。グラウンドでは早くもユニ

ホーム姿のひとたちがキャッチボールをしている。

これはいったいなんなんだ、と思ったが、ハタと思い浮かんだ。野球の助っ人《すけと》の仕事だ。

早朝野球はひとが集まりにくく、人数を補うために、高校時代ソフトボールの選手だった僕に白羽の矢が立ったのだろう……。

ひとりでほくそえんでいると様子が変わってきた。はじめは少なかった人数がどんどん増えていくのだ。

そのうちテントや横断幕まで設置され、そこには〈S運送大野球大会〉と書かれている。

「あのー、仕事はなんですか」

と聞くと、

「野球の応援。わーわー言っていればいいから」

野球の助っ人で出場して、応援に来ていた女子社員にキャーキャー言われようと思ったのに、もろくも崩れてワーワー言うほうになった。

まったくよくわからない仕事だったけど、とにかく仕事には違いないので、一緒に行った先輩と、味方のチームのバッターやランナーがでるたびに、

「イヨッ」

とか、

「うまいね。どうも」

など、およそ野球の応援らしくないかけ声をかけて、時間が過ぎていった。

朝六時ころから、午後の三時までの拘束時間で金五〇〇〇円也。初仕事だった。

2

野球の応援から一週間後、浅草演芸ホールの楽屋にいると、ぜひ昇八さんにと（僕は前座のころは昇八という名前だったのだ）仕事の話があった。

日曜日の昼間、場所は浅草の松葉屋さんだ。松葉屋と言えば浅草の老舗《しにせ》で、外から門だけは見たことがあったが、もちろんなかにはいったことはない。ここでは松葉屋寄席という落語界の大御所が数多く出演している落語会をやっているのだ。

ついに落語の初仕事がはいった。しかも、ぜひ昇八にと指名されるとはなんという栄誉だろう。

当日、一張羅《いっちょうら》の着物をバッグに詰めこんで、日曜日で賑《にぎ》わう浅草の街を松葉屋にむかった。

今日やるネタ選びに迷いはない。なにしろひとつしか知らないのだ。そのネタは前の日の夜たっぷり稽古をしてあるから自信満々で、松葉屋にむかう足にも力がはいる。

打ち水が涼しげな門をくぐると、しっかりとした構えの玄関があって、そこにいたお姉さんに、

「すいません、前座の昇八です」

と言うと、

「えっ……ああ、今日でるひとね。上がってちょうだい……」

楽屋になっている二階に上がると、前座の先輩がいた。今日の前座はふたりなのかなと思いながら着替えをずませて待っていたら、係のひとがやって来て、

「あっ、着替えたね。じゃあ行こうか」

「はい」

そのひとについて楽屋を出ようとすると、そのひとは、

「あれ、その着物は？」

一張羅の着物を誉《ほ》めてくれるのかと思って、

「このあいだ仕立てたんです」

「ああ、自前なの。それじゃなくて、こっちを着てくれる」

そう言いながら、指さす方向を見ると、着物が用意されているではないか。

さすが松葉屋。前座用に着物を用意してくれてあるのだ。粋《いき》な色合いの着物を着こむと、そこに不必要なまでに化粧の濃いオバチャンが現れ、手ぬぐいを差しだしながら、

「あら、この子かわいいわね。それじゃあ、この手ぬぐいを頭にのっけてね」

「え？　どうのせるんですか」

「わかんないわよねー」

そう言いながら、そのオバチャンは手ぬぐいを手際よくパタパタと不思議な形に折り、僕の頭にのせてくれた。

「さあ、できた」

いったいなにができたのだろう。

「じゃあ、こっち」

なにがなにやらわからないうちに、よく磨かれた廊下を右に左に折れて、障子《しょうじ》で仕切られた部屋に連れて行かれ、オバチャンが、「どお？」なんて言いながら障子を開けると、僕は息をのんだ。

「あっ……花魁《おいらん》……」

花魁だ。頭に無数のかんざしを差し、きらびやかな着物をまとった花魁が目の前にいるのだ。

花魁は、

「あら、この子ならちょうどいいわね」

なにがちょうどいいのだろう。

花魁は「よいしょ」なんて言いながら、ポックリみたいな下駄を履《は》くと立ち上がって、自然に腕を下げると、手がちょうど僕の肩と同じ高さになった。

「あっ、いいわ。やっぱりピッタリだわ。じゃあ行きましょう」

さすがにこれは落語の仕事ではないということがわかりはじめた。表にでるといつのまにか着物を着こんだひとの列が出来上がっている。まわりは観客のカメラの列だ。

拡声器から、

「花魁道中はー、出発しまーす」

という声が響きわたると、僕の肩に手を置いた花魁はソロリソロリと歩きだす。

僕が指名されたのは、花魁が立ち上がったときちょうど肩の高さが合う、身長の低いやつを探していたというわけだ。

後ろを振り返ると、先ほどの先輩も別の花魁に肩を貸している。そういえばこのひとも背が低かった。

一二時から四時までで七五〇〇円、プラスご祝儀三〇〇〇円、計一万五〇〇〇円也。

3

夏になると思い出すのが、あの仕事だ。

前座生活にも慣れ、落語会の手伝いでひと前での落語も慣れたころ、家の電話が鳴った。

当時の落語界では、前座には不必要とされていた電話を、僕はなけなしのお金をはたいて導入していたのだ。留守番機能などついていない電電公社の黒いダイヤル式の電話がジリジリと鳴るたびに、なんとなく幸せな気持ちになっていた。

四畳半の部屋だから、いつでもどこでもすぐに受話器を手にすることができる。三、四回コールをうっとりと聞いて電話にでた。

「昇八さんですか」

「はい」

「お仕事をお願いしたいのですが八月×日と×日。空いていますか」

「ええ、空いてますけど、場所はどこでしょう」

「ちょっと遠いんですが、京都の撮影所に行ってもらいたいんですすが」

「えっ」

すすが。この、すすが、が気になったが、なにしろ京都撮影所だ。お正月の寄席番組や、落語特選会の座布団運びで、ほんのちょっと映っただけでもうれしいのに、撮影所での仕事なのだ。ついにメディアの仕事がはいったのだ。電話を入れておいて本当によかった。

「京都撮影所ですか」

「角兵衛獅子《かくべえじし》の親方をやってもらいたいのですが」

ちゃんと役もついているじゃあないか。

「かしこまりました」

うれしいと、使ったこともないような言葉まで飛びだしてくるぞ。

受話器を置いた。

「あこがれの京都で、お仕事どす」なんて言いながら、ベッドの上でゴロゴロして「やめておくれやす、やめておくれやす」とわけのわからないことをほざいてみる。

角兵衛獅子の親方の口上《こうじょう》の台本が送られてきて、それをばっちり覚えて、京都撮影所のなかを歩く。

撮影所のなかは、どこもかしこも時代劇にでてきた見覚えのあるセットが組まれ、見ているだけでワクワクしてくる。

着替えをすませ、床山《とこやま》さんにカツラをつけてもらい、すっかり役者気分で控え室に行くと、係のひとから、角兵衛獅子の子役を紹介された。

どうでもいいような子どもが、ふたり立っている。しかも角兵衛獅子のあの間抜けな格好をしていて、はずかしいのか目線が定まらない。

「こんにちは」

「こんにちはー、へへ」

笑ってる。馬鹿め。

「なにを笑ってんの」

まだ笑っている。親はどんな教育しているんだ、と何気なく窓を見ると、角兵衛獅子の親方の間抜けな格好をし、チョンマゲまでつけて立っている自分が映っていた。そう

「えーっ、へへへ」

か、これがおかしくて笑ってたんだ……。

その子たちは体操クラブの子たちで、僕の口上にあわせて、逆立ちしたり宙返りをしたりするのだそうだ。そう聞くと、急に家来ができたようで、うれしくなってきた。よーし、たっぷりかわいがってあげよう。

着物を着たひとたちが次々と集まってきて、係のひとの説明が始まった。

「皆さんごくろうさま。それでは役者さんたちは、自分の出番の時間までは撮影所内を

ウロウロしていてください。休憩は一時と二時です。暑いので気をつけてくださ、さ、さー
い」

どうやらこのひとが電話をくれた係のひとらしい。

気をつけてくださいはいいけど、ウロウロしていてくださいってのはなんなのだろう。

他のひとたちはそのことを理解しているらしく、「はーい」と元気よく外にでて行った。

仕方なく僕はふたりの家来に、

「なんだろうね、ウロウロするって」

と聞くと、えっ知らないのとばかりに、

「歩いてれば、いいんだよ」

「そうだよ、それで時間が来たらやればいいの」

と、したり顔で教えてくれた。

「行こう」

と、子どものひとりが先頭に立って部屋からでて行った。

もうひとりも、「うん」と言って後に続く。

僕も遅れてはいけないので、

「待って」

と部屋をでる。いかん、最初から完全に主導権を握られているじゃないか。

表にでて説明を聞き、ようやくこれから始まることがわかってきた。

「あれっ、台本と一緒に企画書がはいっていませんでしたっ？」という前置きで始まった説明によると、この企画は、ある大手製粉会社のイベントで、京都撮影所を借り切って小売店のご主人方を招き、江戸時代さながらのセットのなかで新製品のカップ麺を食べてもらって宣伝しよう、というわけで、そのセットの動くオブジェとして、着物を着たひとたちをウロウロさせたり、角兵衛獅子の格好をした、体操クラブの子どもに逆立ちさせたりしようというわけらしい。早い話が、当時はまだ存在していなかった日光江戸村のようなことを、京都の撮影所のなかでやろうというわけだ。

ウウッ、撮影じゃなかったのか……。

僕の落胆ぶりを察したのか、子どもたちは僕を励ましてくれる。

「いいじゃない、がんばろう。お金になるんだから」

なんなんだ、こいつら。

しかし、やってみると、けっこう面白い。道行くひとたちから、

「写真を一緒にとってもいいですか」

とか言われ、とくに僕たちは小さな子ども連れなので、カワイイとか言われて人気者だ。路上で角兵衛獅子の演技でもやれば黒山のひとだかりになり、ときどき見に来る係のひとも満足げだ。舞台を経験するひとたちがかならず口にする「子どもと動物にはか

なわない」というのは、ここでも証明された。

「うけてるね」

喜ぶ子どもと、勝ち誇ったように江戸のセットのなかを闊歩《かっぽ》する僕たちに異変が起こったのは、午後にはいってからだ。

とつぜん、僕らのところにひとが集まらなくなってきた。午前中はあんなに人気があったのに、なぜだろう。

様子を見てくる、と言って偵察にでていた子どもAが、血相を変えて帰ってきて、僕にすがるように報告した。

「猿、猿がいる」

「えっ、なにがいるって」

なにごとかと僕も様子を見に行くと、僕ら角兵衛獅子のエリアのすぐ隣の角で、〝反省〟をしはじめたころの、周防《すおう》の猿回し太郎次郎がいるではないか。

いくら子どもがかわいくても、猿にはかなわない。内容も猿のほうが身が軽いので、難度の高い技ばかりだ、がんばれ日本体操陣。

「面白いねえ」

子どもBは、もう魅了されている。

しかし人気ナンバーワンの座を奪われて悔しいのか、

「どうしよう」

と焦《あせ》っている。

仕方がないので角兵衛獅子の演技の時間を微妙にずらして、猿回しの前にやってみたり、場所を移して猿回しから離れてみるのだが、そのつど係のおじさんがやって来て、

「時間と場所は守ってくださささい」

などと言うのだ。融通のきかない野郎だぜ。

それでも猿に対抗意識を燃やす、体操クラブの子どもA、Bの鬼気《きき》迫る演技は、しだいに人気を取り戻しはじめてきた。

初日も終了の時間が迫ってくると、子どもも疲れはじめたので、アイスを買ってやり、

「明日もがんばろうな」

と声をかけると、

「うん」

と力なくうなずく声が古都の夕焼けに吸いこまれ、僕は、ほんとの角兵衛獅子の親方の気分になっていた……。

一夜明けると、子どもたちは疲れが取れたのか元気いっぱいで、朝から僕と一緒に撮影所内をぶらぶらしはじめた。

例によって道を歩けば「かわいい」なんて言われ、少しテクニックも覚えてきて、恥ずかしげに手を振り返したりしているので、女子高生にキャーキャーモテている。子どもばかりモテるので、「なんだ子どものころからひとに媚《こ》びることばっかり覚えやがって」なんてふてくされていると、子どもAがそれを察知し、

「おじさんも手を振れば」

などと、ひとにアドバイスするし、子どもBは、

「もっと笑いなよ」

などと生意気に指導するのだ。

悔しいので、次の角兵衛獅子の実演のときに、普段二回の側転を四回にしたり、意味なく僕の周りをグルグル走り回らせたり、失敗したら腕立て伏せをさせたりと仕返ししてやった。子どもAとBは、予定外のことをやらされるものだから、びっくりして目を白黒させている。ザマアミロ。規定の演技しかできない体操小僧に、寄席で鍛えたアドリブの恐さをタップリわからせてやった。

それ以降、ちょっと僕に一目置くようになった子どもたちに、ジュースを買いにやらせたり、大名屋敷でサボらせたりとアメとムチを使い分けて家来にしてやった。これでこそ角兵衛獅子の親方と子どもの正しい関係というものだ。

そのうち猿回しの太郎次郎は忙しいのか帰ってしまうと、人気面で角兵衛獅子の天下

が続いたまま、五時のサイレンが鳴ってイベントは終了した。

「またね、さようなら」

と言うと、子どもふたりは、

「さよなら」

と頭を下げ、顔を上げた目は心なし潤《うる》んでいる。よく見ればカワイイじゃないか。

あの子どもたちもまともな人生を歩んでいれば今ごろは、立派な社会人だろう。思えば昔の話である。

4

双羽黒《ふたはぐろ》というムチャクチャ強い横綱がいた。

一度も優勝しなかったけど、でかくて、力があって、とにかく強かった。ありあまる才能を自分自身でももてあましているかのように、パーンと当って、まわしを取って、振り回す。そんな力強い相撲を取る力士だった。

その強さは対戦相手にとどまらず、なにか気に食わないことでもあったのだろう、親方を押しのけ、おかみさんを蹴っ飛ばし、横綱の地位をうっちゃって、国技館をけたぐり相撲界を去っていった、夢のようなひとだ。

その双羽黒が関脇で北尾と名乗っていたころの話だ。

同期の落語家、春風亭柏枝《はくし》（現・柳橋）さんから、先輩の勤めているちゃんこ屋のイベントを手伝ってくれないか、と誘われた。

二ツ目に昇進し、名前も昇太となって余裕もでてきた僕は、

「なにをすればいいの？」

と聞くと、

「そのちゃんこ屋のお客さんを招待してのイベントなんだけど、ほら関脇の北尾を招《よ》ぶんだよ。だけどさあ、おすもうさんってなにを喋る、ってわけでもないだろ。だから……」

もう後の説明なんか耳にはいらなかった。いま売りだし中の関脇・北尾のナマが見られるのだ。

「なに。北尾。北尾が来るの、北尾。北尾なの北尾。あの北尾、関脇の。相撲の北尾」

「そうだよ」

「で、なにやるの」

「いま言っただろ。おすもうさんは喋らないから、僕と一緒にちゃんこを食べながら、北尾のまわりをウロチョロして盛り上げてくれればいいの」

「ああ、そうなの、それって楽勝じゃん」

じつは生まれてから一度も食べたことのないちゃんこは食べられるわ、北尾には会えるわ、もう言うことなしだ。ふたつ返事で仕事を受けて、当日を迎えた。

会場のちゃんこ屋に着くと、招待のお客さんはいっぱいで、あとは北尾を待つばかりだ。

とりあえず、それまでの時間に自己紹介することになった。

「どうもー、きょう皆さんとご一緒する、落語家の柏枝と昇太です」

「………」

なんの反応もない。

みんな北尾を目当てに来ているのに、着物は着ているけれどとても相撲取りには見えない小さい男が、ニヤニヤ笑っていても、なんなんだこいつら、ぐらいにしか思われていないのだ。ピンチ。北尾、早く来い。

食事会がはじまる。お客さんの間にふたりは離れて座らされた。

「どうもー」

なんてニコニコしながら座ると、「なにこいつら」みたいな顔をされる。北尾は、まだか。

招待なので隣どうしも、そんなに面識のあるひとばかりではないのだろう。食事は坦々《たんたん》と進み、会場に流れる音も、カチャカチャと食器やコップがふれあう音だけで、そこにときどきこの場をなんとかしようという、柏枝くんと僕の、

「イヨッ」

とか、

「おいしー」

とかいう声がむなしく響くだけだ。早く来やがれ北尾。

もう耐えられない。誰もがそう思ったころ、階段の下の方がザワザワしだした。ついに待ちに待った北尾の登場だ。

北尾は若い衆を引き連れて、会場にはいってきた。なんのまえぶれもなくはいってきた、若き大関候補の登場に、招待客がざわめく。座敷に上がると、

「おーっ」

と、ため息がわく。二メートルの大男がはいってきたのだから当然だ。

係のひとが、早く紹介して、と目で僕らに訴える。

「皆サーん、北尾関です」

「………」

無視される。みんな北尾に釘づけだ、おいしすぎるぞ北尾。

北尾は挨拶をするでもなく、席に座り、主催者の挨拶を聞き、それが終わると、ちゃんこを黙々と食べはじめる。おいしいか北尾。

今日の目玉の登場で盛り上がるかと思われた会場も、お客さんがかえって緊張しただ

けで、全然活気がない。あいかわらず食器のふれあう音だけだ。

係のひとが、盛り上げて、と目で指示をだす。

「おいしー」

「イヨッ」

「………」

むなしいぞ。少しは助けろ北尾。

そのうち北尾は食事を終えたのか、帰ろうとするので、係のひとが、挨拶に行ってと目で命令する。

「お疲れさまでした」

「………」

ちょっとだけこっちを見て北尾は帰って行った。

次の場所、北尾は大関になり、しばらくして横綱に昇進。双羽黒となり、おかみさんを蹴っ飛ばして角界を去って行った。

その後、プロレスのリングでその姿を見ることが出来た。

北尾ファンの僕は天才肌特有のムラっけのあるファイトを楽しみながら、時々あの日のことを思い出していたのだが、初めて食べたはずのちゃんこの味だけは、夢中だったのでどうしても思い出せない。

カレーパンのこと

昭和五八年の夏だった。僕はとてもお腹《なか》がすいていた。なんでもいいからなにかを口にいれたかった。とにかくお腹がすいていた。

お腹がすきはじめのうちは、寿司や焼き肉を食べることを頭のなかに思い描いていたのだが、お腹のすく度合が増せば増すほど、寿司への思いは消えてなくなり、想像するのさえうっとうしくなってきた。

寿司屋に行って、

「今晩は」

「へい、いらっしゃい」

「ひさしぶり」

「そうだね、何カ月ぶりかなあ。師匠も売れっ子だからねえ、貯金ばっかりしているんじゃないの」

「そんなことないよ」

「またまた、評判だよ。駅前の銀行へ行ったら支店長がお茶運んで来るらしいじゃないの。俺なんか行ったって、鼻もひっかけてくれないよ。へっ、てなもんだよ」

「なに言ってるの。大将こそ、儲かってしょうがないんじゃないの」

「よく言うよ。なんにする」

「ビール」

「はいよ、ビール一本ね。なにを握りましょう」

「手でも握ってもらおうかな」

「ハハハー、もう駄目だよ、それ聞くの四回目」

「ははは、じゃあトロ」

「はいよ、トロね……はいトロお待ち」

もぐもぐ……。

こんなこと言ってる場合か。

ただただ食いたいのだ。ガンガン食いたいのだ。できたものをとやかく言わずに食いたいのだ。

焼き肉もだめだ。

「さあー、食おう、食おう」

「おお、食うぞ」

「なんにしようかなあ」

「やっぱりタン塩じゃないの、えーと、タン塩」

「いやいや、まずはビールだろ」

「そうだ、ビールを忘れちゃあいけないよ。すいませんビール」

「あとなんにする」

「タン塩」

「それはもう頼んだ」

「じゃあ、カルビにロース。ユッケ、でサンチュ。とりあえずそんなところか」

「あっビールがきた。いけねキムチ頼まなかった。おっ、肉がきた」

「焼け、焼け、あれ焼けないぞ。いけねー火がついてないよ」

もうぜんぜんだめ！

いますぐバーッと食いたいの。いくつも頼まなくていいから、単品でかまわないから、とにかく早く食べたいのだ。

結局、なにがいいのかよく考えると、カレーかラーメンということに落ち着いた。

「いらっしゃい」

「カレー」

「はい……はいカレー」

これでいいのだ。

「らっしゃい」

「ラーメン」

「はいよ……はいラーメン」

これでなくちゃ、お腹のすいているときはいけないのだ。

まあ、そんなにお腹がすいていて、しかも食べたいものまで決まっているのであるなら、なにか食べればいいのだが、そんなわけにはいかない重大な理由があった。

それは、その日の夕方だった。寄席での雑用を終えアパートに戻った僕は、いつものように駅前にある銭湯に行ってから、いつも楽しみにしていた、帰り道にあるアイスの自動販売機で小倉バーを買って、食べながら部屋に戻ろうと思ったときだった。

「……………」

言葉がでなかった。いつもなら短パンの後ろのポケットに手をいれると指先に触れるはずの黒い財布に中指は当たらず、頼りなくスルスルとポケットの奥にはいってしまうのだ。

「まてよー」

頭のなかでは、すでにその状況を察知しているはずなのに、でてくる言葉だけはなにかを期待している。他のポケットにも手をいれてみるのだが、どのポケットでも財布を探しだせずに、自動販売機の前で引きつった笑いを浮かべている僕が立っているだけだ。

銭湯への道を探しながら戻ったり、番台で預かっていないか聞いたりしたが結局でてはこなかった。なかには五〇〇〇円程の現金がはいっていたが、それはそのときの全財産でもあったのだ。

本当に頭のなかが真っ白になってしまった。あと一週間ほど残した今月をどうして暮らしたらいいのだろう。近所に知りあいはいないし、それよりまず明日の仕事には、どうやってでかければいいのか。なにしろ全財産なのだ。

部屋に戻ってすっかり乾いてしまった髪にブラシをかけながら、とにかく現金を求めて部屋中いたるところを探してみると、三五〇円がでてきた。しかしこれを全部使ってしまったら明日の朝、寄席に行く電車賃がなくなってしまう。

その交通費を引いた八〇円程を握りしめて、先ほどのような食べものにたいする妄想をめぐらしていたのである。とにかく腹が減っていたのだ。

いくら考えても腹はふくれることもなく、ただ時間の経過とともに、減っていく一方だった。とにかく八〇円を持って部屋をでて、なにかを買いにでかけた。

駅前の西友はもう閉まっていたので、近所のコンビニにはいった。いろんなものが並んでいたが、ほとんどのものは買える値段でなく、おにぎりまでが買えない。いろいろ悩んだあげく棚にカレーパンを見つけ、ふとある考えも頭に浮かんで、急いでカレーパンを買った。

部屋に戻った僕は、お米を研ぎだした。

「うひひー」

声を上げながら、僕は、これから作るものを想像して、おかしくて、おかしくて、しかたがなかった。

「うひひーこれは、なかなか、ちょっとすごいんじゃないの」

お米が炊きあがると、おもむろにカレーパンの袋をあけ、包丁を寝かせて、魚の三枚おろし風に、カレーパンを真横に切っていく。

初めて見るカレーパンの内側には、カレーが偏《かたよ》った形で左側にかたまっていた。これだから、カレーパンを食べるときは、上から押してカレーを均等にしないといけないのだ。

スプーンでカレーの部分をパンからはがすように取り、お皿に移した。量が意外と少ない。熱いお湯でそれを溶かすと、初めてカレーの匂いがした。舐《な》めてみると少し甘いので、ソースと塩を少しいれてみた。

ご飯を皿に盛る。今ではルーとなった溶かしたカレーをかける。迫力はないが間違いなくカレーだ。

今夜はカレーで、明日の朝はカレーの味がわずかに残る揚げパンという、完璧なフォーメーションが出来上がった。

「はい、お待ちー」

一応、声にだしてから、口に運ぶ。カレーだ。お腹がすいているためか変に旨《うま》い。笑いながら急いで食べたのだが、食べている途中で、カレーも食べられない自分が、だんだん情けなくなってきて、毎日続く楽屋での雑用のことや、お金のことや、夏に銭湯に行くと僕だけ色白なことが頭のなかに浮かんで、泣けてくる。

こんなことではいけないとテレビをつけると、ヤクルトスワローズが負けていた。

弟子希望者列伝

早いもので、僕が師匠のところに入門してから一五年がたっている。

今考えればあっというまだが、入門当時は一五年後のことなど考えようもないことだった。今後のことより、とにかく入門して落語がやりたいという一心だったように思う。

現在でも相変わらず、師匠のところには入門希望者が後を絶たないが、彼らも同じような気持ちなのだろうか。

だいたい落語家の弟子というのは、お相撲さんと違って、とる側の師匠にとって得なところはひとつもない存在なのだ。一円にもならないどころか、ご飯を食べさせたり、時には小遣いを与えたり、二ツ目、真打ちと昇進するたびに、お祝いはだす、弟子がなにかをしくじれば師匠のせいにされる、月謝も取らずに自分の技術を教えて、自分の手で商売敵《がたき》をひとり作りだすようなものなのである。

だから、弟子をとれるということは、よっぽど余裕がないとできないことに思えるのだが、弟子希望者のほうはとにかく入門したい一心で、今日もどこかの楽屋の出口で、落語家を待ちかまえているのである。

どうも古典的な職種というのは、どれも後継者問題に悩まされているようにひとからは思われているようで、よく「今は落語家になろうとする若いひとは少ないのでしょうね」と聞かれるけれど、とんでもない話で、落語界にはいつの世も入門希望者が絶えないようだ。

その証拠に僕のところでさえも、今までに一二人の弟子希望者がやって来ている。だいたい弟子というのは真打ちにならないととれないので、僕の場合真打ちになって六年間で一二名、年間二人の割合で入門希望者が来ていることになる。すごい。信じられない。

しかし僕のところで修業をしようというのだから、なんか信用出来ないのだ。

普通の弟子希望者というのは、これから自分の心酔するひとのところへ一方的なお願いに行くのだから、緊張するなり、上がるなり、なにがしかの初々《ういうい》しさを漂わせながら楽屋の裏にたたずんでいる、というのが正しい入門希望者のあり方なのだが、この緊張感がまったくないやつがいた。

ニッポン放送でやらせてもらっている、「ラジオビバリー昼ズ」という高田文夫先生の番組を終えて玄関を出たところに、その緊張感のないひとは立っていた。

「あっ、いたいた、昇太師匠ですよね」

「そうですけど」

「あのー、弟子にしてよ」

「あのー」はいいけど「弟子にしてよ」はないだろう。

「ぼくは今、弟子はとってないんですよ」

「いいじゃん……」

おい。「いいじゃん」ってなんだよ。

「いいじゃん、じゃなくて、弟子をとる余裕ないのよ」

「いや、立派ですよ」

このひとに立派って言われてもなあ……。

僕は、とにかく断ってその場を立ち去るが、そのひとはニッポン放送の玄関から離れない。不審に思って、前のビルの角に隠れて見ていると、なんと後からでてきた高田先生にも、弟子入りを頼んでいる。

出て来た順に頼むな。

しかし、年中玄関前に弟子希望者が殺到している先生は対応が早い。そのひとの目を見ただけで、入門希望者と察知したのだろう。

「あのー、弟子……」と言いきらないうちに、左手をあげて、

「だめだめ」

「……」

早い。やっぱり江戸っ子は違う。

落語家という職業を理解していないひともいた。仕事で、ある高校へ行ったときのことである。

落語が終わり、かたづけをしていると、先生がはいってきて、

「すみませんが、生徒でお話を聞きたい者がいるのですが」

と言い、後ろに生徒がついてきた。頭の良さそうな明るい子だった。聞くと弟子希望者だった。今日の落語がとてもウケていたので、それで衝動的に来たのかと思ったら、前々から僕の落語のファンだという。なかなか見込みのあるやつだと思ったら、

「給料はいくらぐらいですか」

ときた。

これはよくあるケースで、落語家は師匠から給料をもらえるものだと思っているひとは案外多いものなのだ。

「給料なんかありませんよ」

「えっ、給料ないんですか」

「ええ」

「えっ、ボーナスも」

「給料がないのにボーナスなんて」

「じゃあ、どうやって生活するんですか」

「考えたことなかったけど、なんとなく」

「えっ、なんとなく、ですか」

「……うん」

「人生設計は」

「知らん」

「えっ……」

僕だって、どうなるかわからないのだ。木枯し紋次郎と一緒で、あてのない旅を続けるのみで、信じるものは、おのれのウデと頭の中のネタ、だけなのである。

「あっしには、かかわり合いのねえこって、ござんす」（以下、木枯し紋次郎のテーマをお聞きください）

入門希望者の土下座、というのもあった。

場所は新宿。しかもひと通りがいちばん多い、メインストリートとも言える新宿通りでのことだ。

寄席の帰り道、ブラブラしながら通りを歩いていると、人陰のなかから突然色白の若者が飛びだして来た。なにごとだと思っていると、

「弟子にしてください」

と、いきなり言った。

楽屋口に待っていれば、なんとなく弟子希望者であることが察知でき、心の準備というものもあるのだけど、新宿通りの真ん中で、なんの前触れもなく言われても、こちらは慌てるばかりだ。

「えっ、あの、そんな」

とたじろいでいると、そのひとは道に手をつき、

「お願いします」

と絞りだすような声で頭を下げるのだ。

おりしも日曜日。歩行者天国の新宿通りは、買い物客や田舎から出てきた高校生や、大道芸人を珍しげに眺めるひとでいっぱいだ。あっというまにひとだかりで、僕のまわりにひとの輪が出来上がる。新しいパフォーマンスと思っているのだろうか。

「こんなところで、いやーねー」と眉をしかめるオバチャンもいる。昼間からケンカしていると思っているのだ。早くしないと輪は広がる一方なので、

「すみません、ちょっと、やめて。すみません、立って。すみません、いいからとにかく立って」

と、なんで謝らなくちゃいけないのかわからないけど、相手の体を持ちあげるようにしてとにかくなんとか立ってもらい、

「あの、そう土下座とかされても今は弟子をとっていないんですよ」

と早口で一気に喋ると、

「ああ、そうですか」

と言って、なにごともなかったようにさっさと人混みに消えていった。

おーい。なんだー、今の土下座は。誠意なさすぎるぞー。

かくして、只今弟子はゼロ。

もちろんこんなひとばかりではなく、今考えれば入門を許しても良かったかなーと思うひともいるけど、僕にはやりたいことが多すぎて弟子につぎこむエネルギーが今のところはない状態だ。

僕も師匠に入門を許されて、無料で芸を教わって、プロの落語家として生活しているのだから、その恩返しとしても弟子をとるべきだ、という考えもあるのだが、それはもうあと何年かして僕がひとに教えられる立場になったときのことだと考えている。

てください。

入門希望者の皆さん。とりあえず今来ても本のネタにされるだけだから、他をあたってください。

★こんなことを書いて十数年後、公益社団法人・落語芸術協会の理事に登りつめていた私が、協会の理事会で、寄席で落語をやっている最中に、楽屋がうるさいからなんとか静かにさせる方法はないだろうか……という重要案件の議決を終えて帰ろうとすると、芸術協会副会長の三遊亭小遊三師匠に呼び止められて「昇太、そろそろ弟子取れよ」と言われた。「いや小遊三師匠、弟子なんて面倒ですよ」というと「お前だって、柳昇師匠に取ってもらって落語家になったんだろう」と言われてしまった。

確かにそう言われてしまったら返す言葉が無いし、さらに「恩返しだよ。もう諦めて、弟子を取れ」と言われ、諦めかぁー、と観念した。

すると、どこかで聞いていたかのように入門希望者がやってきて、昇々、昇吉という弟子を二人いっぺんに取ってしまい、その後もザクザク入ってきて計九人。しかし、弟子について書いてから、実際に弟子が入るまでにも、凄い入門希望者はいた。

ある日、寄席の高座を終えて表に出ると、一人のオジサンが立っていた。

「昇太さんですよね」

「はい」

サインかなにか求められるのであろうと、ニコニコしながら返事をすると、

「弟子にしてもらえない？」

一瞬なにを言われているのかわからず、もう一度、

「はい？」

「弟子にしてもらえない？」

気を失いそうになった。なにしろ弟子にしてくれと言っているのは、あきらかに僕よりも歳上のオジサンなのだ。

「いや、弟子にしてくれって言ったって、あなたいったい幾つなんですか？」

と聞くと、

「まぁ、いいじゃないですか」

えーー。いいんだ。この質問って重要じゃないんだ。ていうか弟子に入ろうとしている人が、入門しようとしている師匠の最初の質問に対して「まぁ、いいじゃないですか」って、それはいいのか？

「いや、これ大事ですよ。歳上の人なんか弟子には出来ませんよ」

「いや、大丈夫、大丈夫」

大丈夫じゃないー。そのジャッジは僕がするの。さらにオジサンはまくしたてる。

「オレを弟子にしたら、絶対に得するから」

「得ですか？」

「オレ面白いから、絶対に売れるから。きみまろより面白いからね」

「うわぁ。綾小路きみまろさんより面白いんだー」

いかん、主導権にぎられてる。しかし、喋りは確かに妙にこなれている所があるので、

「あなた、何か喋る仕事とかしたことあるでしょ」

と言うと、オジサンはまんざらでもなさそうな顔をして、少し得意げに、

「まぁ、いいじゃないですか」

秘密が多過ぎるな、この人は。さらにオジサンは、

「オレの漫談は面白いんだよ」

と言うので、

「漫談で自信があるんだったら、漫談家の師匠のところに行けばいいでしょ」

と言うと、

「昇太さんの落語は、漫談です」

「いや、落語ですー」

そう言いながら、歩きながらずっと付いてくるオジサンを振り切るために、乗りたくもないタクシーに乗り込んで、逃げるように家路につこうとすると、

「オレ、面白いよー」

まだ言っている。このあたりになると、少し笑ってしまって、確かに面白いかもしれないが、とにかくイヤだ!?

弟子も落語界への恩返しだとしたら、もう十分取っただろう。そろそろ、打ち止めにしてもいいかな。

サンドバッグをもらう

部屋でボンヤリしていたら、編集者のO氏から電話があった。

彼とは、会ったこともないのに仲間から住所だけ紹介され、その後、年賀状だけのつきあいを続けてから七年後に初めて会ったという、縁が強いんだか、弱いんだかわからないひとで、ときおり電話をかけてきては、「昇太さん、家のそばの蕎麦《そば》屋にいるから来ない？ でもこれは、近所のそばと蕎麦をかけたシャレじゃないよ」とか「永ちゃんのコンサートいかない？ かと言って永六輔じゃないよ」とかならずわけのわからないことを口にしながら電話をかけてくるひとだ。ときおり思いつめたように、「NINTENDO 64を持ってマリオカートやりに行っていい？」などと言う、油断のならないひとなのだが、時々エッチなビデオを持ってきてくれる、いいひとでもあるのだ。

この日も電話をかけてきて、いきなり、

「昇太さん、サンドバッグいらない」

と切りだしてきた。

そういえば昔、なにかの折りにサンドバッグが欲しいという内容のことを彼に話したのを思いだした。

僕は大学の一年のころに一般教養の体育の授業でボクシングを習っていた。

高校生のころの僕は、子どものころからのプロレス熱が一時的にさめ、ボクシングに目覚めていて、深夜のボクシング番組やボクシング雑誌を読み漁《あさ》り、大学にはいってからは、日本ボクシング界の檜舞台、後楽園ホールに足を運び（しかしその後、落語家として自分が後楽園ホールの舞台に上がるはめになろうとは夢にも思わなかった。ここでは「笑点」の番組収録も行われているのだ）、体育の講義のなかにボクシングがあると知ると、迷わず参加した。

僕が大学の講義で一日も休まなかったのはこの講義だけだろう。熱心だったし、いつもテレビでボクシングの解説を聞いていたので、パンチを打った後のガードの仕方などのポイントを心得ていたから、体育の教授に誉められ、ボクシング部に誘われたりした。だからなおのこと面白くなって、講義に出ると後のことも考えずヘロヘロになるまでサンドバッグをたたき、あしたのジョーを気取ってひとり悦に入っていたのだ。

このころの僕は、今から見ると信じられないほどスリムで体型も逆三角形、お腹には筋肉がそこはかとなくついていて、それはそれはいい体をしていたのだ。

それがどうだろう。五年ほど前の夏、毎日続くあまりの暑さから、不定期ではあるがやっていたジョギングにいつしか出なくなり、そのかわりに毎日かかさずビールを飲用するようになると、みるみる太りだし、会うひと、会うひと、みんなから、

「なにそれ、おいしいもの食べすぎじゃあないの」とか、ヒドイひとになると、

「うわー、ありゃー」と言葉も発しない、体になってしまったのだ。

そして、風呂上がりなどに自分の体を鏡に映しては、学生時代のサンドバッグをたたいていた時代を思い浮かべているわけで、つまりサンドバッグは僕の健康な体の象徴になっていたのだ。

みずからのでっぱった腹を見るたびに、

「部屋にサンドバッグがほしいなあ」

とまわりのひとにつぶやいていたら、O氏はそれを覚えていてくれたらしいのだ。

僕はO氏と電話をするうち、少し色めき立ってきて、

「サンドバッグをいらないっていうひとがいるの?」

O氏はうれしそうに、

「うん、僕の知り合いでサンドバッグを処分したいひとがいて、そいつに昇太さんの話をしたら、どーしても、もらって欲しいって言ってるのよ」

「そのひと、もう使わないの」

「うん、もう。買うときは高かったらしくて、いいサンドバッグらしいんだけど、絶対引き取って欲しいらしいよ」

「そんな高いサンドバッグもらったら、なんか悪いよ」

「いやそれが、お金を払ってでも引き取ってもらいたいらしいのよー、ねえー」

だんだん声が哀願してきている。

いやに熱心なので、その圧力に負けて、そのサンドバッグをちょっと見に行くことになった。

O氏の迎えの車はすぐに我が家に着いた。

彼は最近、赤いフォルクスワーゲンを買ったばかりなので、車で移動をすることがなんだかとてもうれしそうだ。

すかさず僕は、車に乗りこむときに、

「やっぱりワーゲンは、かわいいねえー」

とお世辞を言った。するととても満足そうに笑いながら、

「でしょー、でしょー」

と言うと、ズンと加速し、路地でギュッとブレーキを踏むとウインカーもつけずに曲

がった。

車は新しいが、運転はうまくないようだ。

「近くなんですよ」

と言われて住所を聞くと、同じ世田谷区で、自転車のほうがちょうどよさそうな距離に、サンドバッグはぶら下がっているらしい。

「これから行く家のやつはね、ライターをやっている、僕の知り合いなんですよ。変わったやつなんですけど、すごくいいやつなんですよ。昇太さんの話をしたら、どーしてももらってほしいらしいんですねー」

「で、そのひとはなぜサンドバッグを手放すつもりになったの」

「格闘技の好きなやつで、サンドバッグを買って家でたたいていたんだけど、手ぜまになって、どーしてももらって欲しいらしいんですよ」

よくわからないが、どーしても、らしい。

「せまくなったって言っても、整理すればいいじゃない」

「それがねえ、そいつが掃除ってものをしないやつなんですよ、もう部屋がすごいんですよ、もう。びっくりしないでくださいね」

「そうなの」

「もう、昇太さん、見たら死にますよもー、お前はよくこんな所で寝ていて、病気にならないなあって感じなんですよ、もう死にますよ」

僕はそんなところに連れていかれるのか。なんでサンドバッグを見に行っただけで、死ななければいけないんだろう。もっとおいしいものを食べておけばよかったー。

「今ごろ、世田谷によくこんなアパートがあるなあって感じなんですよ」

僕もそうだったが、落語家の修業中は、みんな多かれ少なかれ、そういうアパートで暮らしているものなので、

「そんなの平気だよ。あれだろ、安いアパートで、そのひと以外は全部外国人みたいなアパートだろ」

「いや、そいつ以外は住んでないんじゃないかなあ」

住んでない……アパートでそのひと以外に住んでない？

車は大通りから住宅街にはいり、路地をはいっていくつかの角を曲がった。

「あっ、たしかここだ」

車は、道路に面した壁に唐突な感じでドアがついている、不思議な感じのする建築物の前で止まった。ここに住んでいるのだろうか。

「たしか、ここなんですよ、ちょっと見てきますから」

O氏はハザードランプをつけたままでていった。

「やっぱり、ここでしたよ」

と言う声を聞いて、窓の外を見ると、いつのまにか僕にサンドバッグをくれようというひとはドアの横に立っていた。

長髪で長身、紺の上下のスエットという姿でお辞儀をしている。

「春風亭昇太です」

僕はすぐに車を降りて挨拶をすると、はにかんだように、

「あっ、知ってま……」

その後が聞き取れない。

そのひとは、

「こっちです」

と言いながら、不思議なドアの横にある、隣の民家との間の細い道にはいりこんでいった。あわてて後を追いかけてみると、ガラスの引き戸があって、その前に立ち、

「中にあります」

とO氏にむかって言った。

O氏は意を決したように、

「はいりましょう」

と言って部屋にはいっていった。

そこは非常に古い木造アパートで、はいったすぐ右側に階段があって、そこには階段

を遮《さえぎ》るように、住人がたくさんいたころに共同で使っていたのであろうピンク電話が置かれ、その脇や上に何年も前の電話帳やら、よくわからない荷物がドヤッと積まれている。ひとがおらず、明かりがついていない真っ暗な上の空間にむかって階段が延びている。

「上はひとが住んでいないんですねえ」

「ええ」

「怖くないですか」

「まあ」

「道路に面してついてるドアも、このアパートなんですよね」

「ああ……あそこのひとは、捕まりました」

いったい、なにして捕まったんだー。

O氏が、

「こいつも、マークされていたんですよ」

と、僕に言った。

「オウム真理教だと思われていたんです。俺ちがいますよ」

なんだか、ここはすごいぞ。

「で、これがサンドバッグです」

そうだ、今日はこれを見に来ていたんだ。

そのひとの部屋のドアが開けられていて、入口にいきなりサンドバッグが見えた。出入口にゆったり揺れるサンドバッグはすごい存在感だが、それが置いてある部屋も、さらにものすごい。六畳あまりの、それは部屋が散らかっているという概念から大きく外れ、まさに想像を絶する風景だ。

新聞、雑誌、メモ。あとはなにかよくわからないもので埋め尽くされ、そのなかから電話や時計がほんの少し顔を出している。火星の表面のような、顕微鏡で見たトンボの皮膚の組織のような部屋なのだ。

「ちょっと、デカイんですけど」

たしかに六畳一間にこのサンドバッグはデカすぎる。

がっしりしていて丈夫そうなサンドバッグだが、一応、お世辞で、

「いいですねえ」

そう言うと、そのひとはすごくうれしそうに、

「そうですか」

と笑った。

「でも、大きいなあ」

すると、本当にもらって欲しいのだろう、すこし焦ったように、

「あ……大きくないと……それに、これ新聞屋とか来たとき便利ですよ」

「そうなんですか」

「これがあるとわかると、格闘技をやっていると思われて、強気にでてこないですよ、すぐ帰りますから」

「ああ、なるほど」

うなずいたが、これをもらっても玄関をはいったところに置く気はないしなあ。それよりもここに新聞の勧誘に来る新聞屋がエライ。朝日新聞だな、そんなことするのは。

「じゃあ、もらっていいですか」

「持っていってください」

「でもこれ、どうやって運ぶんだろう」

「すぐ、バラバラになりますから」

そう言うやいなや、もうボルトを外している。よっぽど邪魔だったのだろう。

Oさんの車に詰めこみ、ありがたくいただくこととなった。

「じゃあ」

と見送ってくれる、そのひとはとてもうれしそうだ。

部屋のなかで組立てたが、やはりでかい。しかもそのサンドバッグは格闘技用のサンドバッグなので、ものすごく硬くできていて、思いきりたたいたら手首が折れそうだ。

実際遊びに来て、おもしろそうだからやらせてくださいと言って、このサンドバッグに挑んだ弟弟子の柳好さんは、腕をくじいて泣いていた。

その後O氏から、電話がかかってきた。

「捨てるときは、手伝いますよ」
★こうして、しばらくは家にぶら下がっていたサンドバッグだったが、まぁ普通の家にサンドバッグは必要はない。結局このサンドバッグは郵便局の方がやっている少年空手教室にもらわれていった。
しかし、サンドバッグと暮らすことは否定した僕だが、サンドバッグを叩きたいという思いは持っていて、数年前にラサール石井さんが「ボクシングジムに行きたいんだけど、一緒に行ってくれない」と言うので、ジムに行って縄跳びしたり、サンドバッグを叩いたりしたら、信じられない程の汗が出てクタクタなんだけど壮快で、それ以来仕事の合間でなかなか行けないんだけど、細々とボクシングジムに通っている。練習してみると自分が出来ないことを軽々とやってのけるプロのボクサーの試合が、なんと面白いことか。テレビの世界タイトルマッチには釘付け状態だ。そして、ラサールさんはその後ジムでは一度も見たことはない。

……まぁ、えてして、そんなものですよね。ああ、あのサンドバッグはまだどこかでブラブラしているのかな?

寝起きの巻

目覚まし時計が、とうの昔に鳴っていたのは覚えているが、それがどのくらい前だったのかがよくわからない……何度か起きて、横になったり、うつぶせになったりしながらダラダラ寝ていたのだが、だんだん寝ることにたいして疲れてきたようだ。

仕方がないので、

「起きるか」

なんて、とりあえず喋ってみて、自分自身におうかがいをたててみるのだけれど、頭のなかからはお言葉が返ってこない。仕方がないので、

「オラオラ」

とか言って、下から布団の真ん中をドスドス蹴りあげてみるが、窓から差しこむ光にほこりが映って息苦しくなりそうだ。

しばらくほこりを見ていたが、そのうち飽きて、夕べ読んでいた小説の続きを読んでみたのだが、寝起きの頭にははいってこない。らちがあかないので、とにかく起きてみることにした。

時計を見ると一〇時四五分をちょっと過ぎたところだ。目覚ましをかけたのが一〇時だったので寝たり起きたりしていた時間が思ったより短く、なんだか得したような気持ちになったが、四五分という時間がダラダラするのに短いのか、長いのか、判断がつかない。

まあ今日は、なんの予定もないので、短かろうが、長かろうがどうでもいいことなのだ。

テレビのある部屋にタラタラはいって、床で寝てみる。だいぶ暑くなってきたので、床のヒンヤリした感触が足や腕に心地いい。Tシャツをめくって背中やお腹も床に当ててみる。

また眠くなってきたが、床が堅いので、太い声で、

「まだまだ」

と、お相撲さんの稽古風景風に起きあがり、ふたたびベッドの上にへたりこみ、すぐに跳ね起きて、ドアのむこう側にある新聞を取って来ると、またベッドに倒れて寝っ転がり新聞を読む。しかし新聞はうつぶせになると紙面から近すぎて、あおむけになると

手や腕が疲れてしまってどうしようもない。しかもこの状態だと、一面と最終面の裏は紙を通してむこうの字が見えてしまって、役に立たない。朝刊のタブロイド判はなぜでないのだろうか。

仕方ないのでトイレで新聞を読み、チラシを確認して、

「あら、卵がやすいわねえ」

などとつぶやいてると、電話がかかってきた。この部屋に引っ越してから、なぜかトイレにいるときに友人から、どうでもいいような電話がかかってくることが多い。新聞もチラシもそこらにぶちまけて、パンツを下ろしたまま、

「だれだーよー」

と言いながら受話器を取り、吉本新喜劇風に、

「もひもひ」

と言うと、女の声で、

「あっ……」

と言って切れた。間違い電話だ。

なにが「あっ……」だよ。

間違いは仕方がないとして、謝ってから電話を切らんかい。だいたい、その「あっ……」ってなんだよ。「あっ」の後が聞きたいんだよ。まあまだ「あっ……」は、まし

なほうだ。この前なんか「えっ……」っていうのがあった。「えっ……」はないだろう。「えっ……」って言いたいのはこちらで、かけたおまえが「えっ……」ってこたあないだろ、と思ったが、電話を取って「ほう……」と言われたら気持ち悪いし、「ふーん……」というのも、困りもんだ。間違えた場合はもしかすると「えっ……」が正しいのかもしれない。まあ、とにかく謝らんか、と怒ってみるが、パンツを下ろしているので説得力がない。

パンツを上げてしまうと、もうトイレに行く気がしないので、また寝っ転がったが、さすがに眠れないので、とりあえずゴロゴロしてから、歯を磨きにかかることにした。

その日の気分で変える三本の歯ブラシの一本を取りだす。

今日は硬めのブラシで勝負だ。最近気にいっている塩味の歯ミガキをつけて、ガシガシ磨きはじめる。最近はバス法とかいってブラシを鉛筆を持つようにつかみ、歯と歯茎《はぐき》のあいだに四五度の角度に当てて、左右に細かく動かすという磨き方が正しいとされているが、小学校のころにそれまでの磨き方を否定され、歯茎から歯にむかってブラシを回転させるように磨くローリング法こそが最高の磨き方と教えられた僕には、いくらバス法が正しいと言われても、どうせまた何年かすれば、これこそが医者が推賞する正しい磨き方だというのがまたでてくるに違いないので、もうローリング法もバス法も信用しないのである。ガシガシ法のみだ。

それにしても今は塩の薬用歯ミガキを使っているが、子どものころはオレンジ味だのバナナ味だのと、気持ちの悪い歯ミガキをよくも使っていたものだ。この前、ひさしぶりに子ども用の歯ミガキを使って、途中で吐きそうになったもんな。貧乏性なので、なにかのおりに使用することがあるのではと思い、それでも捨てずに子ども歯ミガキを持っているのだけど、見るたびに不快な気持ちになってくる。

水で口をゆすぐと、歯にしみた。こんなときつい、

「あっ知覚過敏だ」

とCMから要《い》りもしない情報を頭にいれてしまって、ついつい、ほざいてしまう自分がはずかしい。ちょっと歯茎がハレている。

「歯周病かな」

とか言っちゃって。

それにしても最近の医者は、患者が無駄に用語だけは知っているから、対応するのがめんどくさいだろうなあ。落語家である僕も、落語の知識のあるひとと話すのって面倒だもんな……。

などと思いながら歯磨きを終了。

引き続いて、夕べからそのままになっている、キッチンの食器を洗う。スポンジに水をふくませ、食器用洗剤をたらす。ワシワシもむと後から後から、泡が

湧いてくる。この感じが好きだ。スポンジと洗剤を見ていると、人類の知恵を感じる。お皿を洗うと汚れがどんどん落ちていく。落としながら、洗剤のCMでじーさんと、ばーさんが手をつないで踊りながら道を歩いていく気持ちの悪い映像を思い出して、

「あんなじーさん、ばーさんいるか、馬鹿」

と毒づいてみる。あのコマーシャルが嫌いで、見るたびに早く終わらないかと願っているのに、人気があるらしく、終わるどころか次々に新しいバージョンが生まれ、次々新しい、じーさん、ばーさんの踊り歩行が映しだされる。どうやら一部のひとたちに、あんな老後を夢見ているひとがいるらしい。アメリカ人でもあるまいにああいったものを好きなひとというのは、過去によっぽどひどい目にあっているにちがいない。そうでなけりゃ……。

時計を見ると一二時を過ぎていた。

時間は正気になると早く過ぎていく。

午後の巻

前日、どんなにお酒を飲んで二日酔いでも、一二時の時報を聞くとお腹が空いてくるから不思議だ。

それを思うと、飼っているミドリフグには毎日定時に餌をあげなければいけないと、実感する。たまに、二日ぐらいあげないときあるもんな。むちゃくちゃお腹がすいているんだろうなあ。ハハ、ザマアミロ。しょせんワシのしもべなんじゃ。

そういえば、生まれてこの方、まる一日なにも食べなかったことなんかなかったなあ。絶食ってどんな感じのものなのだろう。よく時代劇で田舎からでてきた若者が、

「オラ、ハー、ハーッ、江戸にでてきてから、丸三日、ハーハーッ、なんにも食ってねーだ」

とか言って、いつも時代劇ででてくるめし屋でドンブリを三〇個ぐらい積み重ねて、

「あきれた。このひと、まだ食べる気でいるよ。よっぽどお腹が空いてたんだねえ」

「おかわりー」

「ハハハー」

なんて言ってるが、実際お腹《なか》が空いてるやつってどのくらい食べられるのだろうか。

以前、即身仏の話を聞いたことがあった。あれはまず地中に埋めてもらってから、竹で作った空気穴を通して息を吸い、徐々に断食してゆくそうだが、昔のひとは無茶するなあ。よっぽど生きていても楽しくなかったんだろうなあ。

そう言えば、昔のひとの合戦はすごい。刀や槍を持ったひとが一〇〇人も一〇〇〇人も集合しちゃって、おたがい一斉に切りかかったりして。切り殺したひとの首を切ったり、耳を切ったりしたやつを腰にぶら下げて、また切り合いしたりして。もう先祖たちのやることは理解できない。

大河ドラマなどでもよく戦国大名を英雄として取りあつかうが、あいつらしょせん侵略戦争やってるわけで、何百人も殺してる大悪党じゃないかと思うのだが、いつのまにか地元の英雄になっている。どんなことでも時間が解決しちゃうのね。

そんなことを書いていたら、ベランダがチュンチュン鳥の鳴き声でうるさい。何気なく見たら、スズメが交尾をしていた。動物は呑気だなあ。

とにかく一度、一日だけでも断食してみよう。案外健康によかったりして。

でも、とりあえず今日は何か食べることにして、手っ取り早くスパゲティにきめる。最近は、ゆで上がったスパゲティに混ぜれば料理が出来てしまう商品が出回っているので、独り者には有り難い。今日はペペロンチーノだ。インスタントのものは辛みが弱いので、鷹の爪を足して、辛みを増加させて、出来上がり。ところでペペロンチーノってどんな意味なんだっけ。

ライトビールを飲みながら食事をとる。昼間からライトビールなんか飲んでいるので、

「お前は村上春樹か」

と自分に問いかけてはみるものの、いい気になって赤ワインも飲む。

ひとしきり、いい気になったので、フラフラ表にでる。

なんの目的もなく、表をブラブラ歩くつもりなのに、結局いつも歩いている道を行ってしまう。まあこのへんが、なんだかんだいって堅実な僕らしいところだ。

しかし最近このあたりにカラスの姿が目立つ。今日も民家の塀に二羽とまって、いまも止まっている。

「なんだよー」

とか言いながら、目線を合わせないように横をすり抜け、安全を確かめてから、

「ボケ。あっちにいかんかいっ」

と関西風に毒づいてみるのだが、よく見るとこいつらがでかいんだな。ひとが歩いて

いても逃げないし、逃げないどころかぴょんぴょん飛び跳ねながら近づいてきたりして、なれなれしいんだよ。

カラスもよく見ると、二種類あるらしく、くちばしの小さいやつと、大きいやつがある。くちばしの小さいやつは、それでも九官鳥みたいで愛嬌があるのだが、大きいのは悪そうでかわいくない。またこのへんはくちばしの大きいやつが中心に活動しているらしくて、どうしようもない。

はやる気持ちをおさえながら、喫茶店にはいった。

いかにも近所の大学生のバイトみたいなお兄ちゃんがでてきて、メニューと、紙製の使い捨てのおしぼりを持ってきた。どうもこの使い捨ての紙おしぼりは、情けない感じがして好きになれないのだが、メニューを開いたら、もっと好きになれないものが目に飛びこんできた。

メニューの、中途半端に素敵なネーミングだ。

「カフェ・ロワイヤル」、なんだこれ。

「カフェ・ファンタジー」、ひえー。やめてくれー。こんなのただのウインナ・コーヒーじゃないかよ。なんで無理矢理こんな名前つけるんだよ。でもうまそうじゃないか。

頼もうか、頼むのやめようか猛烈に悩んだが、意を決して頼むことにした。

こんな時にかぎってすぐに注文を取りに来ない。さっきのお兄ちゃんと目が合う……

来ない。また目が合った……来ない。こっちはこれから死ぬ思いで、この店がつけたものすごく恥ずかしいものを頼まなければならないのに。パッと来いパッと。

仕方がないので声をかけた。

「すいません」

例のお兄ちゃんは、あ！　という顔をしている。やっぱり馬鹿だ。

「はい、ご注文ですか」

あたりまえじゃや。注文以外にあんたのことを呼ぶ用があるか。こっちは必死なんだから、馬鹿なこと聞くんじゃないよ。

「……あのー、カフェ・ファンタジー……」

あーっ、恥ずかしい。言ってしまったー。

「はい、カフェ・ファンタジー、ですね」

くり返すな。

その場から逃げだしたい気持ちを抑えつつ、しばらく待つ。

「お待たせしました」

よし、もうあっち行けよ。

「カフェ・ファンタジーです」

わかってんだよ。早くむこうへ行けよ。

しかしここの店などまだ良心的なほうだろう。以前はいった店に、「シェフと茸《きのこ》のシンフォニー」というのがあった。きのこドリアとなぜ書けないんだよ。

もっとすごかったのは、「ポセイドンの宝物」。これはイクラスパゲティだ。八五〇円のどこが宝物なんだよ。公衆の面前で、

「すいません、ポセイドンの宝物ください」

言えるか。あーっ考えただけでも恥ずかしい。身の毛がよだつわ。

まあ、コーヒーのほうはおいしくいただいて店を出ようとレジに行く。

「ごちそうさま」

「はい、ありがとうございます、カフェ・ファンタジーですね」

もう、いいって。

楽しい午後は過ぎていく。

水槽飼育者の生活

最近は、優秀な濾過《ろか》装置が出来ていて、海水でも家庭で簡単に水槽が楽しめるとあって、ちょっとしたアクアリウムブームなのだそうである。

これが非常にありがたい。ひと昔前は、知り合いの女の子に、

「家で魚を飼ってるんだ」

などと言おうものなら、

「うそ。……魚を部屋で飼ってるの。魚をかわいがってるの……気持ち悪いー」

と、薄気味悪い、暗い男の代名詞みたいに言われてたのだが、ようやく堂々とアクアリウムをやっている、と世間に発表することができる、良き時代になってきた。これもアクアリウムという、カタカナが一般化したからに他ならない。

日本人はなんでもカタカナにすれば、いいらしい。まあ確かに日本語にすると硬い感

じのする言葉も、カタカナに直したほうが、耳にはいりやすくなってくる場合が多い。

「サンシャイン劇場」も、「太陽光線劇場」にすると、安っぽい演劇青年がロシアの戯曲を変な訳のセリフで怒鳴《どな》ってそうだし、「東京ドーム・ビッグエッグ」も「東京丸天井・でっかい卵」にすると、これも安っぽい劇団の、次回公演のお知らせパンフレットみたいだ。落語もなにかいいカタカナにできないものだろうか。

さて、そのアクアリウムなのだが、僕はアクアリウムが「水槽」と言われて、まだ差別されていたころからやっていて、様々の魚を楽しんできたのだけど、ここ何年かとりつかれている魚がいる。それがフグなのだ。

よくひとから、魚を飼っているそうですけど、なにを飼っているんですか？　と聞かれて、

「今は、フグを飼っているんです」

と言うと、

「フグですかー、やっぱり食べるんですか」

と聞き返される。これがひとりやふたりではなく、ほとんどのひとから、食べるのですか？　と聞かれる。悲しいことだが、日本ではフグは食用なのだと痛感する一瞬だ。

まあ仕方がない。外国ではペットとして飼われることもある豚も、日本で飼っているひとがいたら、

「それって、いつごろ出荷するのですか」

と僕でも言うだろう。

しかし、とにかく食用目的ではなくフグを飼っているのだ。

現在飼っているのが、僕に飼われて五年目と四年目の、水槽界のきんさん・ぎんさんの誉《ほま》れ高いミドリフグ二匹で、こいつらは引っ越し好きの飼い主に飼われて、過去三回の引っ越しを経験し、移った水槽も数しれない猛者《もさ》である。体長五センチ程の小さなフグで、今まで飼った魚のなかでは格段に長生きで、愛着もあってかわいがっている。部屋で仕事をしていたり、雑用に追われたりして餌をやるのを忘れたりすると、僕しかいないはずの部屋から、強烈な視線を感じる時があり、ふと振り向くとこいつらだったりする。お腹《なか》がすいて「腹減ったから、早く何かを食わせろ視線パワー」を発するのだ。

そして普通の魚のように目のついている方向に向かってのみ進むのではなくて、フグは上手にヒレを動かして、前進後退、上下左右、ちょうどヘリコプターのように水中を自由に移動することができ、魚の泳ぎ方として、一歩進んだところを見せてくれる。また夜になると丸くなって、眠っているディスプレー用の石の上からころげたりして、お馬鹿なところも見せてくれて、なんだか平和な気持ちになってくる。

最近、このフグに新しい仲間が加わった。沖縄に行った時に、ホテルの水槽で見て虜《とりこ》になった、「ハリセンボン」だ。

こいつはとにかく顔が可愛くて、映画『未知との遭遇』のラストにでてきた宇宙人みたい。しかし僕の飼い方になにか不満でもあるのだろうか、時々ひとりで怒って全身の針を立たせて、ふくらんでいるときがある。そんなときは、

「なにを怒ってるんだー」

と、目を見ながら近づくと、

「あっ。すいません、あの、ダンナ、べつに怒ってませんよ」

といったふうに、針をしまって、また水のなかをフワフワ泳ぎだす小心者でもあるのだ。こいつも長生きするといいなあ。

と、まあ、こんなに好きだから知り合いのなかには、

「昇太さんは、フグを飼っていると冬場にフグ鍋やフグ刺し食べられないでしょう」

と心配してくれるひとがいるのだが、観賞用と食用の区別がしっかりついている大人の僕は、これがもうバクバク食べれるんだな。嘘だと思ったらフグ屋に連れていってごらんなさい。バカバカ食べるから。

飼ってもよし、食べてもよし。それがフグなのだ。

そして衰えを知らない水槽飼育欲の次なるターゲットは、クラゲだ。

クラゲ。なんと、力の抜けたネーミングだろう。名前をつけた古代の人のセンスが光る素晴らしい名前だ。あの覇気《はき》のなさで大海原を、どこへ行きたいでもなく、流れに従ってフラフラし、なにを食べているのか知らないが、なにかを「おいしい」でも、「ま

ずい」でもなく食べ、どこからか知らないが、「スカッとした」でも、「便秘気味だー」でもなく排出し、危険なときや、死に直面しても、「つらい」でも、「苦しい」でもなく、ただ「なんか変だなー」くらいの気持ちで、マンボウに食べられたりして死んでしまったりするのだろう。

そして、そんな悟りきったような生き方にふさわしく、水中での優雅な美しさは、この世の物とは思えないが、あの世のことは考えたくない程、大好きな生き物なのだ。

まあ、要するに、僕もクラゲのようにフラフラしながらも優雅に生き、逝ってしまいたい、という願望の表れのような気もする。

あんまり好きなので、着物の紋にクラゲをデザインしてもらってつけていたのだけれど、寄席の楽屋では不真面目なやつと思われ、一般の方には、つけている紋がクラゲには見えないらしく、

「この紋は、宇宙人ですか」

と言われるのが、悩みの種なのだ。

そんな事情でいつかクラゲを飼ってみたいのだが、飼い方が難しいんだろうなあと、勝手に思いこんでいたら、先日、熱帯魚屋さんでクラゲ専用の水槽を見つけてしまった。

これを使ったら案外簡単らしいのだ。

部屋に新しい水槽が増えるのも、時間の問題だ。

★結局その後、水槽は増えなかった。このあと次第に仕事が忙しくなりはじめて、家を空けることも増え、魚の面倒もみてやれず、水槽どころでは無くなってきたからだ。少しずつ縮小して、最後のミドリフグが亡くなったのを機に水槽飼育者をやめてしまった。

それでも時々、間違ってデパートの屋上などで小動物を見ると飼いたくなってしまう。以前も博多のショッピングモールのペットショップで、ハムスターを見たら、こいつが元気に土を掘ってもぐったり、顔を出したりしているではないか。そのなんと可愛らしいことか。元々ハムスターは地下に巣を作って住んでいる生き物らしく、最近は（僕が知らなかっただけで、最近じゃ無いかも知れないのだが）ハムスター用の土も売られていて、そいつを夢中で掘りまくっているのだ。猛烈に可愛くって、あれがもしも博多じゃなかったら1セット買っていたかもしれない。

当然、博多で売っている物は東京でも売っているだろうから、デパートに行った時に何の気なしに、フラッとペット売り場にでも行ってしまったらと思うと、恐ろしくってデパートに行くことも出来ないでいる。ああ……オレって不便だなぁ。

鳩との日々

それに気がついたのは数カ月前のことだった。

ベランダに出て朝の空気（と言っても一〇時ごろ。落語家の朝は遅いのだ）を吸いこんでいると、手すりになにやら白い物がついているではないか。

なんだこりゃ、と思ったがたいして気にも止めずに数日が過ぎた。ふたたび遅い朝を感じるためにベランダにでると、その数が少し増えている。

その白い物は僕がベランダに出るたびに増え続けていて、白ばかりではなく黒いのも混じっていたりして、それがどうやら鳥のフンらしいことがボンヤリした僕にもわかってきた。

しかしわかったとしても、これをどう解決すればいいのかがわからない。

そうこうするうちにメキシコ旅行をすることになり、一週間ばかり家を留守にして、ふたたびベランダにでてみて我が目を疑った。ベランダの端のほうに集中的にそれが大量に落ちているではないか。オイオイこれどーゆーことなんだよアミーゴ、とメキシコボケした頭のなかで考えてみるがどうにもならない。そのフンの集まったところから視線を上にもっていくと、マンションの樋《とい》がL字形に曲がった所があり、僕を悩ませていたベランダ・フン事件の犯人が明らかになった。

ハトが止まっていて、キョトンとした目で僕のことを見ているではないか。こいつら、ここに住んでいたのだ。しかも二羽いる。幸せな新婚生活を営んでいやがったのだ。

だいたい僕は、ハトという生き物はあまり好きではない。

あれは僕が小学校四年生の運動会の当日だった。体育用具係だった僕は、運動会が始まる前に飛ばす鳩の籠を管理するという、クラスメイトから羨ましがられる当番になっていた。生き物が好きだった僕は、籠に張りついて見ていると、一羽の鳩が周りの鳩からつっ突かれていじめられているではないか。平和の象徴のくせして、こいつら人間やない、鬼畜や（鬼畜という言葉を使うとき、関西風に発音すると感じがでる）と思ってから嫌いになり、今でも浅草の観音さんに行くと餌を撒くふりをしてじゃりを撒き、遠くのほうから飛んでくる鳩を馬鹿にしたり、集まっている鳩に向かってダッシュし、蹴散らして歩いて勝ち誇るほどだ。おのれが鬼畜や。

さて、それから、このベランダをフンだらけにしたハトをどうこの場所から撤去させたらいいのかを考えた。

その一　大声をだして脅かす。

これは平和的でいい。いくら鬼畜のハト連中でも、地球に生きる僕らと同じ生命体だ。できることなら平和的に解決したいものだ。これにしようかと思ったが、ベランダにて横に止まっているハトにむかって、両手をブラブラさせながら「うひゃあ」とか言って脅かしていたら、こりゃ馬鹿である。平和と馬鹿をくらべたら、やっぱり馬鹿の方が重たいのでやめにした。

その二　ガス銃で撃つ。

これは危険だ。ガス銃というのは充塡《じゅうてん》したガスの力でBB弾というプラスチック製の弾丸を撃ちだすもので、馬鹿なやつらがひとに向けて撃ってケガをさせたりして社会問題にもなったものだ。僕が持っている銃は、そんなに性能がいいものではないのだけど、それでも段ボールに穴が開くくらいの威力を持っている。これで撃ったら二度とハトは寄りつかないだろうが、あたりどころが悪ければ死んでしまう可能性もある。寝覚めが悪くなりそうなのでやめにした。

その三　水をかける。

これは第一案と第二案の中間に位置する案だ。脅かすだけでは物足りない、死んでしまってはかわいそう、そこから生まれたのが水をかける、なのだ。これは犬《いぬ》公方《ぼう》と呼ばれた徳川五代将軍綱吉の生類憐《しょうるいあわれ》みの令で、犬どうしが喧嘩したときに水をかけてこれを諫《いさ》めたというほど、歴史的にも正しい動物への対処の仕方なのだ。

ということで考えがまとまり、台所へ行って入れ物を探し、バケツじゃ大きすぎるし、おちょこでは効果がない、やっぱり間をとってビールジョッキに水を注ぎ、そーっとベランダに戻った。

相変わらずハトはのんきにきょとんとした目でこちらを見ている。しかし先程よりは殺気を感じるのか、二羽とも落ち着かない。馬鹿め、これから水攻めじゃ。

ギリギリまで近づいて、くらえとばかりに水をかけるとハトはものすごくびっくりして、前の電線に止まってこっちを見ている。ザマアミロとジョッキ片手にハトを威嚇《いかく》していると、一階に住んでいるおじいちゃんが、ハト以上にびっくりした顔で飛びだしてきた。

間一髪で部屋に飛びこみ、目を合わせるのを防いでから、下の階のことを忘れていたのを反省して、これからは二〇〇ミリリットルくらいのコップでハトを撃退することにした。

それからも、何回かやってくるハトをガス銃で撃ちたい気持ちを抑《おさ》えつつ、コップの水で撃退しながら戦いは続いているのだが、問題はフンの処理である。水を使ってデッキブラシでゴシゴシやりたいのだけど、また下のおじいちゃんがびっくりすると困るので、大雨の日にやろうと計画している。でも、大雨なんて一年間でそうあるもんじゃないので弱っている。

ハトの馬鹿。

引っ越し日記

僕は多趣味である。

まあ、多趣味と言うと聞こえがいいのだが、早い話が、目の前の面白そうなことにすぐに首をつっこんで夢中になっても、しばらくするとまた目の前に別の面白そうなことが現れて、そちらに飛びついてしまう、飽きっぽい性格で、長く続いている趣味と言えるものがないだけなのだが。でも、「飽きっぽい性格です」というよりは「多趣味です」と言った方が、まわりのひとから好感をもたれそうなのでそう言っているのだが、多趣味というのも間違った使い方ではないので、よしとしよう。

興味をそそるものが目の前に現れると後先を考えないでお金を使ってしまい、人並みに働いているつもりなのに、銀行の残高を見ると、なんだかさみしくなってしまうのだ。

そしてその残高をさみしくしている、最大の要因を自覚はしている。

それは引っ越しなのである。

落語家になってから十数年、いったい何回引っ越しをしたことだろう。仲間からも、年賀状をだすたびに郵便局から返ってくるので、なんとかしろと引っ越しのしすぎを指摘されてはいるのだが、やめられないのだ。

なぜそんなに引っ越しを繰り返すの、というひとへの質問には答が用意してある。

あれは何年前のことだろう、僕がまだ前座のころ、ある先輩から「五万円のアパートに住んでいるひとには五万円の仕事しかこない。一〇万円のアパートに住んでいるひとには一〇万円の仕事がはいるんだ」と言われたことがあった。よく考えると、なんの根拠もない話なのだが、なんとなく当時の僕は、生活のグレードを上げることは、仕事のグレードを上げることにつながるのだ、と妙に納得してしまって、それ以来、少しでも収入が上がると、引っ越しをしようと心がけていたのだ。

しかしその純真な精神もどこへやら。最近は欲しいものを買いあさるくせに、片づけるということをしない僕の部屋が、散らかり放題に散らかり、部屋としての機能を失いそうになると引っ越すという、いつか、バチがあたりそうな、無計画で無秩序な行為を繰り返しているのである。

しかし、それでも引っ越してきた物件の名前は、××荘からコーポ、メゾン、コンフォート、××ヒルズ、と、確実に生活レベルの階段を上がっていることを物語っている。

落語家になったばかりのころは先輩の部屋に居候《いそうろう》をしていて、住所が「二段ベッドの上」という時代もあったのだから、夢のようだ。

引っ越しも、昔は荷物が少なかったので気楽なものだった。天気のいい日にひとりでゴチャゴチャした部屋の隅からごみ袋を持って、要らないものを捨てる。いくつものゴミ袋を積み上げて、部屋がすっきりしだしたら近所のコンビニでもらってきた段ボールに必要なものを放り投げ、電化製品をまとめ、布団袋に布団をしまったら、ペタペタと歩いてレンタカー屋に行って、手頃なバンでも借りたらそれに荷物を積み、友達に電話をして手伝ってもらいながら新居に荷物をいれたころには夕方になっているので、そのままレンタカーを返した帰りに飲み屋に行ってビールを飲む、という、美しくも無駄のないパターンが出来上がっていたのだ。

しかし、そんな引っ越しは、いつまでも続かない。「荘」から「コーポ」、「メゾン」に「ヒルズ」とくれば、当然部屋も広くなり荷物も増える。ほとんどひとりでやっていた引っ越しも、だんだん人の手を借りなければ実行不可能になってくる。

そして、その手伝いを誰に頼もうかということになると、落語家はありがたいもので、引っ越しの手伝いを頼むぞと言ったとき、絶対に断らないひとたちがいる。一門の弟弟子の諸君である。

しかし、この絶対に手伝いを断らないひとたちが、けっこうくせものなのだ。

なにしろ落語家、とくに我が一門の弟子の皆さんは体力がないのである。テキパキ働くのがニガ手で少し働くと、みるみる動きが悪くなり、汗を拭きながら助けを求めてすがるような目をむけたり、手に持った荷物を下ろして溜息をついたりして、いっこうに進まない。あたりが暗くなり、ようやく終わるころになると、みんなベトナムからの帰還兵みたいな顔になっている。

可哀想になって、

「ありがとう、お疲れさま。じゃあこれからなんでもみんなの好きなものを食べに行こう」

と言って居酒屋へでも行こうとしたら、

「フグが食べたいです」

と言ったやつがいて、好きなものをと言った手前、いまさら、

「フグはダメ」

とも言えず、えらく高くついたことがあり、それからはリクエストを取るのをやめにした。

そして今住んでいるところへ引っ越したときは、試しに業者に頼んでみたらじつに愛想よくキビキビした働き。芸術的なまでのトラックへの荷のつみこみを短時間で終え、途中で溜息をついたり、フグが食べたいとか言うことなく、良心的な料金でニコニコし

ながら帰っていった。

こんなに便利なひとたちがいるのだから、これからも引っ越しはやめられないな。

★引っ越し癖も治った。というより、この数年後に家を買ったからだ。

ある日、近所を散歩していたら建売住宅の看板が目について、ローンでも組んだら買えそうだが、芸人に貸してくれないだろうと思って銀行に行くと、すんなり貸してくれた。さすがキチンと定期預金にして、少しずつでも預金額を増やしていた成果だ。じつはこれも先輩から言われたことで、元々信用の無い仕事だからこそ、どんなに少なくてもいいから、毎月ちゃんと貯金だけはしておきなさい。と言われてから、仕事が無くて苦しい月でも、必ず預金していたのだ。芸人の先輩もなかなか良いアドバイスをしてくれるものである。

斯《か》くして、生まれてはじめて自分の家をローンで購入した。もー、嬉しかったですよ。貧乏でも落語が出来たらいいやと思ってこの仕事についた僕が、まさか自分の家を買えるなんて。近江国に領地をもらい、長浜城に入った豊臣秀吉もこんな気持ちだったろうと思いながら、我が家でのはじめての朝を迎え、二階の窓を全開にして美味しい空気を吸っていると、黒い犬を連れた上品そうなおばあさんが散歩している。ああ静かな住宅街にふさわしい風景だなと思っていたら、そのおばあさんは犬に向かって僕の家を指差し「小さい家ねー」と言って目を細めている。なんで目を細めるんだー。殺意と、もう少し大きい家を建ててやるぞという思いが浮かんだ三九歳の朝でした。

暑さ勝負

それにしても近年のこの暑さはいったいなにごとだろう。温暖化はまちがいなく、進んでいるようだ。

時計の針は三時を過ぎて、もうすぐ四時になり、世間では夕方と呼ばれる時間帯が近づこうとしているのに、相変わらずTシャツの背中からはジットリと汗がにじんでくるのだが、常に水分を補給しているので、それはとどまるところを知らない。

外にでると暑いので、部屋でゴロゴロしているわけなのだけど、とにかく暑い。なんとかエアコンとビールで日々の暑さに対抗しているのだが、暑さに弱いだけではなく、寒さ、とくに冷房の寒さに弱いのでエアコンをつければ指先などの末端が冷たくなってしまい、切れば切ったで、またあの暑さが襲ってくるので、今日もエアコンの電源を入れたり切ったりと忙しく、今度はその温度差で体はボロボロである。

さらに最近は連日のビール漬けで肝臓も弱ってきているようで、もしや生命線が短くなってはいないかと、時々手相を確認してしまう今日このごろである。

立ち上がって窓を開けたが、風とはいえない、どんよりとしたものが顔や首にまとわりついてきた。前のマンションを見ると、おばちゃんが昼間に干してあった布団を取りこんでいる。あの家の家族は、今日の日差しをたっぷりと受けて、暖まった布団にくるまって寝るのだろうか。

ひとりで暮らしていてもこれだけ暑いのだから、あんなおばちゃんがいて、さらに夜泣きをする赤ん坊でもいる家庭なんて、さぞかし暑いだろう。

子どもの半分壊れかけたオモチャで部屋は散らかり、洗濯ものはすぐかたわらにぶら下がり、子どもが寝たら息をひそめて暑さに耐え、こちらが寝たころには泣かれたりして、もう想像しただけで暑い。

しかし、こんなことはまだまだ序の口だろう。この世のなかにはもっと暑そうな場所があるはずだ。

と考えてみたら、すぐに思い浮かんだ。相撲部屋の雑魚寝《ざこね》。これは暑いぞ。アンコ型した力士が寝汗かきながら昼間つくった傷のかさぶたをボリボリかきながら寝ている横で、入門したばかりの子が故郷を思ってしくしく泣いている夜。ああ暑い。

どうせ暇なんだから誰かにこれを聞いてもらおうと思い、誰に聞いてもらえばいいのか考えたら、すぐに浮かんだ。

「小林だな、あいつしかいない」

小林は、近所に住んでいる大学の後輩で、飲んだ水がすべて汗になると噂される、アジアでも十指に入ると思われる程の汗かき王なのだ。ただでさえ汗かきなのに、これだけの暑さの日に、むさくるしいイメージが湧く設定をつきつければ、さらに汗をかくことうけあいである。すぐに電話をした。

「はい、小林です」

いたいた。

「あー小林。ビールでも飲みにちょっと家にこない」

「あっいいですねえ、飲みましょうか」

こんなに、招待を断らないやつもいないな。じゃあ、すぐに行きますから、と言ったかと思ったら本当にすぐ部屋のチャイムが鳴って小林がはいってきた。

「いやー暑いですねえ、こんな日は昼間からビール飲まなきゃねえ」

そう言いながらもう汗をかいている。本当に楽なやつだぜ。いきなりかましてやろうと思い、

「暑いけど、相撲部屋の雑魚寝なんてのにくらべたら、まだいいよなあ、なあ小林」

「それって暑いですねえ。でもそれちょっとストレート過ぎやしませんか。これなんか

どうでしょう、夏の虫歯、しかも土曜日」

げっ。これはすごいぞ。相撲部屋がストレートならば、こちらはボディブローといったところだろう。しかも土曜日というのが、明日は日曜日で病院は休みで、もうひと晩苦しい思いをしなくてはならない、八方ふさがりな感じが隠し味になっていて、すごみがあっていい。

こいつもただの汗かきではない。侮《あなど》りがたいやつだ。しかし黙っていると負けなので、

「じゃあ、鉄工所の借金取り」

と、ジャブをかますと、

「あっ、日本映画的な暑さですねー」

ハハハ、ひるんでいる。汗もかきだした、ざまあ見ろ。さらに追い打ちをかけるために、

「砂漠のエンストってのはどうだ」

鉄工所の借金取りと、砂漠のエンストの波状攻撃だ。ホラホラまた汗がでてきたぞ。暑くなってきただろう、謝るなら今のうちだと、ほくそ笑み、これで勝負あったかと思った瞬間、小林は、

「ジャワの恋」

もう、ちょっと追いこみ過ぎたようで、よくわからないのがでてきたが、たしかにジ

ャワの恋は暑そうだが、これで楽になった。そんなのでいいなら、もうなんでもありだ。

「ドバイの炭坑夫」

「ドバイに炭坑夫っているんですか」

言ったもの勝ちなんだよ。ヘイっ、どうしたんだよー、かかってこいよー、とドラマにでてくる弱そうな不良のような挑発をしたのを皮切りに、

「じゃあ、マニラの三助」

「なんだそれ。ザンビアの便所」

「火葬場の不倫」

「電話ボックスの鍋焼きうどん」

「溶鉱炉のファックユー」

と、完全に泥仕合と化して、始めてから一二分くらいで自然消滅したのだが、結局のところ無駄におたがいが暑い思いをしただけで、なんにもならない無益な戦いだった。

「飲みましょう」

小林に促されてビールを冷蔵庫から出し、静岡名物、茹《ゆ》で落花生をつまみに飲み始めた。

しばらくして小林を見ると汗だくだ。本当に汗かき野郎だなと思って見ていると、小林は言った。

「どうでもいいけど、エアコンつけませんか」

★本当に暑いのが苦手で、夏は弱い。しかもエアコン嫌いだからどうしていいかわからない。かくなるうえは涼しい家にするしかないと思い、新しい家を建てることになった時に、徹底的に暑さ対策をした。まずは家を外断熱にした。外断熱は建物の外側に断熱材を設けて、家を外部から断熱するものだ。これで家に照りつける太陽のエネルギーを外側でカバーして、壁などに熱を貯めない作戦だ。内装も天井はサツマヨシを張って涼しげに演出し、床は籐にしてもらって素足で歩けば、ヒンヤリとして昼寝も爽やか。あとは窓に吊るした風鈴でも鳴れば、日本の夏は完璧だ。実際、家にいる時はほぼエアコンを使用せず、扇風機で過ごしている。いいなぁーと思ってはいるが、夏が涼しいって事はどういう事かと言うと、まあ冬が寒い。素晴らしく寒い。見た目も寒い。日本に四季がある事を忘れていたんだなオレは……寒さ勝負でもしますか。

僕は三八

「昇太さんは歳はいくつなんですか」

仕事場や、飲んでいる席や、道端や、橋の上などで歳を聞かれることがある。なんだか恥ずかしいような、こそばゆいような、情けないような、みっともない気がしてならない。

なぜならば、歳を告げた後の反応がだいたい読めているからである。

「僕ですか、僕は今三八です」

と言ったとたん、

「あれー。若いねー。見えないね。はあー」

と、言い回しは別として、だいたいこんなふうに言われることが多いのである。

芸人をやっているのだから、若く見られることについてはやぶさかではないのだが、三八歳という、年寄りでもなければ、若くもない、中途半端な年齢で、そう言われてもなあー、という感じだ。

だいたい、若いって言われているうちはいいのだが、若く見られるひとの末路というのは決まっているのだ。さんざん、若い若いなどと言われ続けても、老けはじめると早いもので、大病などして病院から帰ってくると、まわりから「あらー、あのひと見たー、急におじいさんになっちゃって」などと陰口をたたかれ「昔は若かったのにねー」などと笑われるのが関の山なのだ。うちの親戚なんか、毛髪がさみしいひとが多いので、そのうち僕も頭がさびしくなって、久しぶりに会ったひとに、口にはださなくても「あらー」なんて心のなかで思われるのに決まっているのだ。あーいやだ。

それでも最近は、だいぶ歳相応に見られるようになったが、僕の「若く見られる歴」は長く、本当に若いころから若いと言われ続けてきた。まあ、若いころは若いと言われてもべつにいいけれど、あれは僕が大学の二年生になったばかりのことだった。当時神奈川県の小田急相模原駅のアパートに住んでいた僕は休みの日にお腹が空いて、近所の小さなスーパーに食パンを買いにでかけた。

休みの日であり、朝からパジャマで過ごしていた僕は、面倒だったのでサンダルを履いてぶらぶらでかけると、そこの店の親父がでてきて、

「あっいらっしゃーい、なんにします」

「食パンください」

「はーい、一三〇円です……おつかい？」

「えっ」

「どこの中学？」

最高学府に学ぶ大人を、中坊に間違えるとはなにごとだ。マーガリンも買うつもりだったのに、一三〇円を素速く支払って逃げるように帰ってきたが、あの速さは消費税がなかった当時だからできた速さで、今なら一円玉を財布からコチョコチョ探したり、おつりを貰ったりと大変だっただろう。消費税反対。

まあ、この日はパジャマという格好が、おじさんに誤解を招かせる原因になったのであろうと分析したのでまだショック度が少なかったが、その二年後サークルの友人と四国を旅していた時のことだ。

四国をめぐって高知県にはいり、坂本龍馬の銅像で有名な土佐の桂浜にでかけた。桂浜から太平洋を望み、幕末の志士たちの気持ちになってひとり悦に入っていると、〈闘犬センター〉という看板が見えた。

じつはこの闘犬センターというところにはソフトボール部があって、これがめちゃくちゃ強く、ソフトボールをやっている者で闘犬センターソフトボール部を知らないやつはもぐりだ、と言われる程だ。高校時代ソフトボール部だった僕は、これはなかにはいって闘犬を見せていただかなくてはバチが当たると思って、入場券を買うため販売所に行った。

販売所には、いかにも地元の高校を卒業してはいってきました、といった感じの女の子がいて、その上のボードに、一般一三〇〇円、大学生一〇〇〇円、高校生八〇〇円、中学生五〇〇円と、しつこいぐらいに細かい料金表が書いてあった。

当然、僕は一〇〇〇円札をだして、

「一枚ください」

と言うと、

「はい」

と、か細い声とともに、チケットと五〇〇円札が戻ってきた。パジャマも着ていないのにだ。

また中学生に間違えられた悔しさと、貧乏旅行の旅先では貴重な五〇〇円が戻ってきたうれしさが混じりあって、どうしていいかわからず、その場に立ち尽くしてしまった。後ろでは他のお客が列を作っている……僕は意を決して五〇〇円札を突き返し、

「高校生です」

そう言って二〇〇円のおつりを貰って、少し勝ったような気で、闘犬を見てきた。

でも、なんだかんだ言ってもここまでは学生時代だ。極めつけは一〇年前、僕が二八

歳の夏、場所は新宿だった。

仕事が終わって、新宿の街をブラブラしていると、おじさんひとりおばさん二名の計三人が、いきなり近づいてきて、

「君、ちょっといい」

「なんですか」

「なにをしてるの、ひとり？」

このへんで、このひとたちが何者なのかわかってきたが、とりあえず、

「ひとりです」

と答えると、

「どこからきたの」

「世田谷です」

「世田谷？　そお。私たち補導員なんだけどね。もう、帰らなきゃダメでしょう」

まあそう言われてみれば、そうなので、

「はあ」

と言うと、

「何年生」

「いや、何年生ってことないです」

「学校行ってないの？」

「はい」

「いくつなの？」

もう、いいかげんウンザリしていたので、

「二八です」

と言うと、三人はしばらく沈黙したかと思うと、おばさんのひとりはセリフを棒読みするような調子で、

「あらいやだ」

と言うと、堰《せき》を切ったように、

「あら、いやだ。あら、あら、いやだ。あらー、あらいやだわー。若いからーあらいやだー、あらーごめんなさい。あらーいやだわー」

と言いながら消えてしまった。俺がいやだよ。

まあ、こんなことを思い出して書くきっかけになったのは、先程来た新聞の拡張員だ。部屋のチャイムが鳴ったのでドアを開けたら、

「お母さんか、お父さんいるー」

おまえら、いいかげんにしやがれー。俺はもうオヤジなんだよ。

★あれから約二十年。五七歳になっちまった。もう本当のおっさんである。この文章を丸々カットしようかと思ったくらい恥ずかしい。肌は衰え、髪の毛もあやしくなっている。
しかしまぁ、とりあえず有り難いことに、まだ若いとも言われている。今から十数年前にテレビ番組「笑点」に入ったおかげだ。何しろ、一緒に仕事している人達がだいぶ傷んできているので、並んでいると若く見えるからだ。ラッキー。しばらくこんな感じで行こうっと。

人生が二度あれば

僕が作った新作落語を今回の本に載せようという話があったのだが、ネタをそのまま載せるのは気恥ずかしかったので、小説風にまとめてみました。


「あー。なんじゃ、なんじゃ、馬鹿者……」

老人は怒っていた。抑えがたい怒りにうち震えていた。

「馬鹿者が……」

でも、困っていた。

自分がいったい、なににたいして怒っていたのかが、さっきから思い出せないのだ。

そしてその、さっきというのがいつだったのかもわからない。

「なにに怒っていたんだ……いかん」

突然、全身に広がる恐怖感を打ち消すように、老人は叫んだ。

「いかん。ボケとる」

あっ、もしかすると、今まで怒っていたのは、最近もの忘れの激しい自分にたいして怒っていたのかもしれないと考えたのだが、余計なことを考えると、またわけがわからなくなってしまうのではないかと思い、とりあえず今の感情に集中するために、もう一回叫んだ。

「いかん。ボケとるわい」

それでも少し冷静になった彼は、つぶやいた。

「ああ、本当にいかんなあ。このままでは本当にボケてしまうわ、なんとかせにゃあ」

しばらく考えると、

「そうだなにかの本に書いてあった。運動がいらしいなあ。歳は足からなんて言うから、足を鍛えてみるかなあ。そういえばずいぶん運動もしておらんが、昔は走ったなあ。なんにもなかったから、歩くわ、走るわ、もう大変じゃった。そうじゃ、そうじゃ、運動しなければ。以前せがれの嫁が、おじいちゃん運動してね、なんて言って、通販の、下がガラガラ回る運動器具買ってきた。最初のうちはよかったが、やっているうちにバカバカしくなってくるんじゃ。わしはハムスターじゃないんだからなあ。あんなもん使って運動ができるか。馬鹿者が。そうと決まったら家のなかにはおれんわ」

彼は、居間から立ち上がって、外にでた。

いつもはサンダルだが、今日は運動なので、当然運動靴だ。グレーずくめのおじいちゃんファッションに運動靴が浮いている。

あらためて玄関先に立って見てみると、ここに越して来たころはまだ畑などが点在していたのだが、今はそこも住宅になり、駐車場になりして、ここから見る風景もずいぶん窮屈なものに変わっている。

「変わったなあ。なんにもなかったのに、こんなになっちゃって……まあ」

古くからの地主みたいな口をきいてみた。

しばらく歩くと、バス通りにでる坂道にさしかかる。

「ここらでいいか」

まわりを見回し、ひとが見ていないのを確認すると、

「ダッシュするか」

言うやいなや、いきなり坂道を利用して走りはじめた。

「ふんーっ」

口から言葉にならない音がでる。

「ひんーっ」

口から変な音はでるのだが、足がでない。苦しい。

「これは、いかん」

坂道で足にブレーキをかけるのだが、なかなか利《き》かない。

もうなんとかしてくれ、と思ったところにようやくブレーキが利きはじめ、足に合っていない運動靴がアスファルトの坂道に当たり、バン、バン、バン、と大きな音をたてて、ようやく止まった。

「死んでしまうわー、馬鹿者ー」

誰に言うでもなく、怒鳴ってみるが、自分の目が、ものすごくびっくりした目になっていることには気づいていない。

「いかん、やはり急に運動してはいかんのじゃ」

適度な運動だ。なにごともなかったかのように、彼は手をブラブラしたり、指先を小刻みに動かしたりして、歩きはじめた。

なにかの本で、指先の仕事をしているひとはボケにくい、といった内容のものを読んだのを思い出したのだ。

「そういえば、なにごとにも興味をもつのがいい、とか書いてあったなあ。うーん」

ふと、なにかが急に視界にはいってきた。

「落ち葉だ……」

気がつかないうちに、もう葉が落ちる季節になっていたのだ。

「ああ、落ち葉か」

掃《は》き掃除が大変じゃ。思ったとたん、ハッと気がついた。

「いかん、なんにでも興味をもたなければ、だめなのじゃ」

彼は落ちてくる、枯れた葉っぱにむかって、

「ああ、落ち葉じゃー。あれ、これは落ち葉じゃー」

と語りはじめる。もちろん手をブラブラさせるのも忘れてはいない。

「ひゃあ、落ち葉だぞーこれは。落ち葉じゃー」

しばらくして強い視線を感じたので、振り返ると近所の高田さんのところのお嫁さんが、呆然と立っていた。

目が合うと、

「ひっ」

と短い声を上げ、固まった表情のまま、身をひるがえして走りだした。

ボケていると思われる。そう感じた彼はすぐに、

「ちがうっ」

と彼女を追ったが、彼が手をブラブラさせたまま追っかけているので、彼女は、

「いやーっ」

と叫びながら、家に逃げこみ玄関の戸をピシャリと閉めた。

静寂がひろがり、追うのをやめた彼の吐く息だけが聞こえる。

疲れはてた彼は自分の庭に立っていた。庭には彼の数少ない楽しみのひとつの、盆栽があった。

いつごろから始めたのか、建蔽率《けんぺいりつ》のおかげで出来上がった日当たりのよくない小さな庭に、二〇鉢あまりの盆栽が、手作りの台の上に並べられている。

この場所こそがこの家での彼の唯一の安らぎの場なのだ。なにごとにもめんどくさそうに世話をやく嫁や、口さえもきこうとしない孫にくらべ、この盆栽たちのなんとかわいいことか。彼はここでなにをするでもなく、鉢の並べられている順番を変えたり、台の上に落ちた枯れ葉を拾って掃除をしてみたりと静かな時を過ごすのを日課にしているのだ。

「これがいちばんんだな」

そう言いながら、植木バサミを手にすると、見慣れた場所にちょっとした違和感を感じた。

たしか昨日まで後ろに置いてあったはずの植木が前の方に来ているのだ。少し不思議な感じがしたが、例によって自分で動かしておいて忘れているだけかもしれない。

その植木は彼が持っている盆栽のなかではいちばん古いもので、盆栽をはじめたときに買ってきたものだ。

初めて手にした盆栽なので、どのように扱っていいのかわからず、不必要な場所を剪《せん》定《てい》したり、また切った方がいいところを切らないでいたりと、盆栽としてはひどい形になっているのだが、なんとなく愛着があって大切にしているもののひとつなのだ。

今こうして、しげしげと枝を眺めていると、こんな不格好な盆栽でも、葉や枝振りが妙に頼もしく見えてくる。

「よしよし」

まるで野球の監督がエースピッチャーの肩をなでるように枝に触れ、気になる葉にハサミを当てて摘みだした。

パチッ、パチッと乾いた音が狭い庭を囲んでいる塀に響いて、耳に心地いい。

「しかし、お前とも長いつきあいだなあ」

答えぬ盆栽にむかって語りはじめた。

「長いつきあいだが、ぜんぜんおまえは大きくならないなあ」

そう言ってから、大きくならないのは新しい葉が顔をだすたび自分が切っているからだ、ということに気づいてハッとした。そしてその場を取りつくろうように、

「でも、わしも同じだ。毎日毎日、同じような日の繰り返しで、ぜんぜん成長していないなあ。人生、やり直しがきけば、もう少し面白おかしく暮らせたろうに。せがれも頼

りないし、嫁もあんなだし、孫も憎たらしくなったし……だいたいワシは本当はお千代さんと一緒になるはずだったんだ。お千代さんきれいだったからなあ」

よく飲みに通っていた小料理屋で知り合ったお千代さんとは、今の男女のように気さくに語りあうようなことはしなかったが、飲んでいても、どちらからともなく目を合わせていた。

「お千代さんと一緒になっていれば、せがれももう少しかっこよく産まれただろうに。そうしたらもっといい嫁が来ただろう。当然孫もかわいい子になったはずだ。わしはもっと幸せになっていたかもしれん」

お千代さんとの別れの場面が鮮明によみがえってきた。

彼女と最後に会ったのは、終戦間近の故郷の駅だった。召集され地元の連隊におもむく列車のなかに彼はいた。

入隊する日にしては、やけにあっけらかんとした、天気のいい平日の午後。ひとり窓の外にある見慣れた駅の風景を眺めていると、ホームのひと混みのなかからお千代さんの姿が急に現れた。

三日程前に店に行ったとき、召集の話をしてあったが、まさか見送りに来てくれるとは思ってもみないことだった。

「お千代さん」

そう呼びかけると、お千代さんもこちらに気がつき、近づくとニッコリと微笑《ほほえ》んだ。涼しげな目が眩《まぶ》しいくらいだ。

「見送りに来たの」

「ありがとう」

「ご無事で帰ってきてね」

「ありがとう」

他に言葉がでてこない。

「あの……わたし……」

「はい」

「あの……」

「はい」

手の指先から冷たくなってくるような、感じがした。

目の前に好きな女性がいるのに、なにも言えない自分がもどかしい。

「あの……」

その時、ガンッと連結器がぶつかりあう大きな音がして、列車は白い蒸気を吐きながらゆっくりと動きはじめた。

「あの……」という声が、車輪が回転する音と、ホームで起こるバンザイの歓声にかき消されて、耳まで届かない。少しずつスピードを上げる列車の窓からは、お千代さんの口の動きしか見えない。列車はどんどん加速し、お千代さんもプラットホームも、見る間に小さくなっていった……。

「あの時、お千代さんはなにを言おうとしていたのかなあ。いやお千代さんの言いたいことよりも、なぜワシはあの時に、男らしく好きだと言えなかったんだ。たしかに男女がそんなことを駅のホームで言えるような時代ではなかったが、女の言葉を待っていた自分が情けない。もう一度あの場面に戻れたら……人生が二度あればなあ」

すっかりハサミを動かす手はとまり、今までの過ぎ去った人生の様々な思い出がよみがえってきた。

「そういえば、わしらが子どものころは楽しかったなあ。今みたいにコンクリートだらけじゃなくて、遊ぶ場所がたくさんあった。川もきれいで、魚も捕れたし、林もあったし、原っぱで遊ぶのも面白かったなあ。一日中原っぱを走り回っていたものだ。それがどうだ、今は原っぱなんぞありゃあしない。ああ、昔はよかった……人生が二度あればなあ」

楽しかった思い出は続かない。

「親不孝なこともしたなあ。わしは母親の死に目に立ち会うことができなかったんだ」

終戦後、隣町でひとり暮らしをしながら、会社に勤めていた彼のもとに、一通の電報が届いたのは真夜中だった。

あわてて電報を開くと、そこには「ハハ、キトク」の文字が並んでいる。

急いで仕度をして、家を出ようとしたその時だ。玄関にむかう廊下の柱に、足の小指を思いっきりぶつけてしまった。

それまでも、たびたび足の小指を柱にぶつけることはあったが、その時ほど強くぶつけたことはない。痛みと、どこにぶつけてよいかわからない怒りで、我を忘れ、痛めていない方の足で強く柱を蹴飛ばすと、その足にも鋭い痛みが走った。

そして足を引きずりながらようやくたどり着いた実家では、兄弟たちが母の亡骸《なきがら》を囲んで涙していたのだ。

「しかし、悲しいのはそれだけじゃあない。かなりあったはずの財産は、その時いた兄弟たちで分けられて、わしのところには一銭もはいってこなかった、あれもおかしな話だ。もしかしたら本当は財産はみんなわしのもので、兄弟にだまされていたのかもしれないなあ……人生が二度あればなあ」

浮かんでは消える思い出を話しながら、西日に照らされる盆栽を見ているうちに、老人の目には、いつしか涙がにじみ、それは頬を伝って盆栽の上にポトリと落ちた。

その時、

「ちぃーす」

「あん」

「ちぃーす」

「……」

老人の目の前には、古ぼけた、汚らしい感じの服に身を包んだ、時代遅れのヒッピーみたいな若い男が体を不自然にかしげて立っている。

「なんだ、お前は」

「精っす」

「なんだ？」

「精っす」

「精っすっ、て。お前、なんなんだ、その精っていうのは」

「って言うかー、盆栽の精っつーかー……そんな感じい？」

「盆栽の精？」

不思議に思う前に、精と名乗る男の「感じい？」の「じい？」と語尾が上がるのが癇《かん》にさわる。

「なにを言ってるんだ。嘘つけ」

「って言われてもぉー、こまるしー、本当なんだしいー」

また、語尾が上がる。それにこの姿勢の悪さはなんだろう。

「どうでもいいが、しゃんと立って、姿勢を正して話しなさい」

「って言うかー、俺ってぇー盆栽だしぃー、姿勢正せって言われてもぉー、こおいう枝振りだしぃー」

そう言われて、よく見れば、その不自然な姿勢は先程まで話しかけていた、自分が不格好な形にした盆栽にそっくりである。老人は急に態度を改めて、

「で……その盆栽の精が、な、なんの用なんだ」

「つーかー、話を聞いてたらぁー、可哀想になっちゃってぇー、力になれたらーって、思ってぇー。長いつきあいだしぃー」

頭をポリポリ掻きながら、上目遣いに話すその精とやらが、なぜかかわいく見えてくる。

「力って、なんだ」

「つーかー、今ぁー、聞いていたらぁー、昔を懐かしんでいたからぁー、昔に戻してあげようと思ってぇー」

「えっ。昔に戻すって、タイムキーパーか」

専門用語を気取って、タイムトラベルと言うところを、タイムキーパーと言ってしまったが、年寄りだから本人は気がついていない。

「つーかー、戻りたいぃー、時代やぁー、場所にぃー、一時的だけどぉー、戻してぇー、

あげようとー、思ってぇー」

戻れるって、あの時に戻れば別の人生が待っているのではないか。あの時をやり直したら別の自分が、別のどこかに立っていることになるかもしれない。

「タイムキーパーだ……」

まだ気づいていない。

「で、どうすればいいんだ」

「つーかー、ここにあるぅー、松ぼっくりをぉー、噛んでー願うとぉー、戻れるしぃー。っていうかー、やっぱ俺って、渋谷系だしぃー」

わけのわからないことを言いながら、小さな松ぼっくりを渡してくれた。

「これを、噛んで、あっ……」

目線を松ぼっくりから精に戻してみると、もうそこに彼はいなかった。しかし、手にはたしかに松ぼっくりが握られている。

「よーし」

人差し指と親指にはさんだ松ぼっくりを、恐る恐る前歯に当て、噛みながら願った。

願ったのはもちろん、あの時にだ。

あのプラットホームでの時間をやり直すのだ。

グッと歯に力を入れる。マンガチックなまでの白いチープな煙が上がったかと思うと、それは下から沸き上がる列車の蒸気だった。

窓から顔をだしお千代さんを探すと、若く美しい横顔が目に飛びこんできた。

「お千代さーん」

そう呼びかけると、お千代さんもこちらに気がつき、近づくとニッコリと微笑んだ。

涼しげな目がなつかしい。

「見送りに来たの」

「うん」

「ご無事で帰ってきてね」

「ああ」

一度体験しているので、堂々と受け応《こた》えができる。いい調子だ。

「あの……わたし……」

ここが男の決め所だ。

「わかっているよ」

そう言うと、窓から体をだして両手で彼女の肩をグッと抱き寄せた。

「ちょっとー。なにするのよー」

「えっ？」

「なにするのよ、こんなところでー」

しまった、この時代の女性には強引すぎたようだ。

「ごめん」

「あの……」

「はい」

興奮して失敗してしまった恥ずかしさで、顔が熱くなってくる。

二度目なのに、うまくいかない自分がもどかしい。

「あの……」

その時、ガンッガンッと連結器が引っぱられ、ぶつかりあう大きな音がした。このままではいけない。

「あの……」

という声の後が聞き取れない。

せめてこの言葉だけでもと、ふと耳に手をやるとイヤホンが指先にひっかかった。

そうだ補聴器がある。

補聴器のボリュームをいっぱいに上げて彼女の方へ向けた。

「あの……あたし、女将さんに言われて来たのー。ツケを払っていってー」

列車はスピードを上げ、お千代さんは見る間に小さくなった。小さくなれー。

「あのアマー。あんなこと言ってたのかー。ずっと想っていたのにー」

だめだ。愛だ恋だなんて、いちばん信用がおけない。

「そうだ。子どものころに戻ろう。あの楽しかった子どものころに」

そう言うと、松ぼっくりを噛んで、子どものころの原っぱを願った。

するとどうだろう。目の前は、走り回ったあの原っぱの真ん中だ。雑草の間には、ススキの穂が群生し、地面すら見えない。

「わぁー。懐かしいなあ、原っぱだ。よし思いっきり遊ぶぞー」

「わー、わぁー」

言うが早いか駆けだした。ザッザッと草を踏む音と一緒に、青臭い葉の匂いと、土の匂いが混ざりあって鼻をくすぐる。

「これだ。これ。今のガキには味わえないだろー。わーっ」

グングン加速する。

「わーっ、わーっ……」

影が追いかける。

「わーっ、わーっ……」

足をゆるめた。

「わー……。つまらん」

つまらなかった。楽しいのは最初だけで、後はぜんぜんつまらない。足は草で何カ所か切れて、血がにじみ、首をやぶ蚊に食われた跡が痒《かゆ》い。

「子どものころは、なにが楽しかったんだコレ」

だんだん、むなしくなってきたが、気を取り直して、

「人生結局、金なんだよ」

と呟き、ふたたび松ぼっくりを噛む。

もうろうとした意識が、玄関の戸をたたく音で、しっかりしたものになってくる。ひとり暮らしをしていた家だ。

玄関を開け、電報を受け取る。内容はわかっている。ちゃぶ台に電報を放り投げると、仕度をはじめ急いで廊下を走る足が止まる。

「この柱なんだよ」

小指をぶつけた足を、柱の横に通した。

「やった」

これみよがしに喜んで、勢いよく広げた手が反対側の柱に当たった。

「いてえ。くそっ」

くやしまぎれに反射的に足が、当たった柱を蹴っていた。

「あっ」

激痛が走る。

バカなことをした。しかし今回は痛みがあるといっても、片足だけだ、なんとか間に合うだろう。

実家に着くと、靴を脱ぐのももどかしく、奥の部屋にはいった。まわりにいる兄弟をかき分けて寝ている母の枕元に座り、声をかけた。

「母さん」

「……ああ、お前か」

間にあった。

「母さん」

「……おまえ。おまえなあ、おまえに財産を……」

このかすれていく言葉を聞き逃すまい。

「なんだい、母さん」

「おまえに、財産を……やれん」

「なんでだー」

「おまえは……わしの子ではないんじゃ」

「えーっ」

「おまえの本当の親は……」

「うん」

「それは……」

息絶えた。

なんということだろう。かえって不安になるばかりだ。

気がつくと場所も元のあの庭に戻っているではないか。

「こんな……」

やり直しがきけばと願って、やったものだが、結局なにも変わらなかった。

「結局、人生にやり直しなんてきかないんだ。人生はどうやっても一回きりなのだ」

急に怒りがこみ上げてきた。

それは人生にたいしてか、自分にたいしてか、あの精にたいしてかはわからなかったが、怒りがこみ上げてきた。

「あー、なんじゃ、なんじゃ、馬鹿者……」

庭では盆栽に射していた西日が沈み、かわりに塀のむこうの街灯が盆栽を照らしだしている。

「馬鹿者が……」

ひとしきり怒った老人はしばらくすると困ってしまい、怒るのをやめた。

自分がいったい、なににたいして怒っていたのかが思い出せなくなってしまったからだ。

大読書家への道

★この本を書いている頃に、筑摩書房から「頓智」という月刊誌が発行されていた。雑多な中にも多彩な執筆陣が揃う、洒落た内容の面白い月刊誌だったが、これが一年足らずで廃刊になってしまったのだ。しかし、笑ってはいられない、僕もその中で連載をしていたからだ。

その中でぼくが担当していたのが「大読書家への道」である。毎回編集者の方から読書本を決められ、それを読んで感想を書くというものだったから、普段読むことの無いタイプの本を指定されていて、結構楽しくて、僕にとって為になる連載だったなぁ。では今は亡き「頓智」を偲《しの》んで……どうぞ。

『バスカヴィル家の犬』コナン・ドイル（新潮文庫）

さあ、いよいよ今回から読書アレルギー・ゼロへの挑戦が始まる。そして編集部から提出された第一の刺客として、コナン・ドイルの『バスカヴィル家の犬』が送られてきた。

「こんな本を読まされるんだけど、おもしろいのかなー」と知り合いに聞くと、ものすごい有名な本らしい。

「お前ねえ、好きなひとに言わせれば、あんた、なに言ってんだ、と怒られそうな質問だぞ」

と怒られ、それは我々で言えば、

「志ん朝って落語やるの」

って聞かれるのと同じで、大工さんならノコギリってなんに使うのって聞かれるようなものらしい。知らないっていうのは恐ろしいことだなあ。

さて、送られてきた『シャーロック・ホームズ全集』はハードカバーで厚くて重たいので、車内読書派の僕には少しフットワークが悪いから、本屋に行って文庫本を探すことにした。

たいして大きくもない駅前の本屋にはいって、試しに店のおにいちゃんに「コナン・ドイルの『バスカヴィル家の犬』ありますか」と尋ねると、ハイとレジを立ってすぐに探しだしてきた。うう……やっぱり有名な本らしい。

部屋に戻ってさっそく読みはじめるが、翻訳本につきものの回りくどい、スキッとしない文章に遭遇する。

これだから外国で出版されたものは嫌なんだよと思いつつも読んでいると、ホームズの第一声が、

「どうだね、ワトスン」

ときた。おいおい、なに気取ってんだよー。ワトソンでいいだろー。ワトスンって落語の「酢豆腐」に出てくる変な若旦那が、しんちゃんを、すんちゃんって呼ぶのに似てコケそうになった。

ホームズは冒頭の部分でワトスン（気持ち悪いので、以後ワトソンに統一）にステッキを見せて、いろいろと推理をさせ、一生懸命考えるワトソンにむかって、

「君にしては上出来だ」

とか、

「君自身は天分に恵まれないが、他人の才能を開発する能力がある」

などとムチャクチャなことを言っている。

「ホームズ。お前はなに様なんだよ！」

と本にむかってつっこみをいれてみるが、ワトソンはそんなこと言われても喜んでいる様子。

しっかりしろよワトソン、自我をもてよ、大人なんだから。

ホームズってやつは、イギリス人のいけ好かない部分の象徴みたいな、嫌なやつだなあと思っていたら、さらに、さんざんひとに推理をさせておいて、

「ワトソン、君の結論は大部分は間違っているようだ」

ときた。じゃあ最初から聞くなー。ワトソンに推理させるなー。

さらに読んでいくと、いろいろと今後の推理に重要なカギになりそうな出来事をふまえて事件が起こり、謎めいた屋敷にワトソンを行かせるのだが、そこでも、

「正直なところ、君がふたたびベイカー街に戻ってくれたら、と祈るばかりだ」

だそうだ。そんなに危ないところなのか？　おまえオニか。そんな危険なところ、知り合いの医者に行かせないで、自分で行け。ワトソンも命ぜられたまま、ノコノコ出ていくんじゃないぞ、まったく。

というわけでホームズのヒドさだけが目立つ前半戦だったが、後半に入ると、次から次へと怪しげな外国人がでてきて、白々しく不審な行動をとるものだから、その外国人たちの名前を覚えるのがひと苦労だ。一応、最初のページに登場人物と、その職業が書

いてあるのだが、どいつもこいつも、博物学者だの脱獄囚だの信用のおけないようなやつらばっかりで、僕も推理を働かそうと思うのだがまったく整理がつかない。とくにバスカヴィル家の執事の妻のイライザなんぞは、ワトソンが来た晩にシクシク泣きやがって、なにかあるのかと思ったら、おまえなんか事件にぜんぜん関係ないじゃないか。よけいなことするんじゃねーよ。あっち行ってろ。シッ、シッ。

そしてワトソンは相変わらずシャーロック・ホームズの犬となって危険も省《かえり》みず、恐ろしい犬の伝説が残る場所で調査を続けている。

それにしても本職の医者の仕事はどうしたのだろう。ワトソンも心配だがワトソンの患者がもっと心配だ。

そしてワトソンが怪しげな男を追って洞窟にはいって緊張していると、ホラホラでてきたよ、ホームズが。しかもワトソンすら騙《だま》してこの場所に来ているくせに、第一声が、

「美しい夕日だね、ワトソン」

ときた。

そして呑気な再会をしていると外から断末魔の叫び声。急いで駆けつけるワトソンに、

「君が持ち場を離れたからこんなことになったんだ」

だと。ほんとに嫌な男だな、こいつは。

そして死体を前にして、それが、守らなければいけないヘンリー・バスカヴィルのも

のでなく、脱獄囚のセルデンだということがわかると一転して小踊りして笑いながら、ワトソンに握手を求めている。死んだひとを前にして、ホントにこいつ、どんな神経をしているのだろう。またこんなやつのファンが世界中にいるというのだからわからない。ホームズファンよ、お前らちょっとおかしいぞ。明日から、清水エスパルスを応援しろ。そんなこんなで、僕の興味の対象は、推理よりもホームズがワトソンにこの後どんな仕打ちをするのかへ移ってきてしまって、なんとなくサディスティックな気持ちになり、事件の謎解きなんかどうでもよくなっていた。

まあ事件の結末は、僕としては結構笑える内容で、そんなアホなって感じだったが、推理小説というジャンルのマナーとして、ここではお伝えしない。

でも最後にこれだけは書かせてほしい。事件が終わってホームズはワトソンに、

「かなりつらい仕事をしてきたので気分転換をしよう」

とオペラの特別席を用意するのだが、友人の医者を危ない場所に送りこんで何週間も拘束したんだからさあ、金でも渡せよ……。

『ハムレット』シェークスピア（岩波文庫）

前回、推理小説という強敵を読破した僕には安らぎの日々が続いていた。

高田文夫先生から発注されていた、「やなか高田堂」（谷中のギャラリー工で行われる、高田先生のまわりにいる多彩なタレント、演芸人の美術展。子細はご自分の目で）に出品する作品のために後輩の落語家、林家たい平君の家で合宿をして、作品完成のめどがついたので自宅に戻ると、包みが届いていた。ふと嫌な予感がして包みを開けてみると、前回に推理小説を読んだ効果だろうか、その予感は見事に的中していた。

そう、第二の刺客が送られて来たのだ。そしてそのタイトルを見て驚いた。シェークスピアの『ハムレット』だ。

なんという選択の仕方だろう。しかしよくもまあ、これだけ僕に不釣合いな作品を選んで送ってくるものだ。

シェークスピアといえば、小学校の五年のころ『ヴェニスの商人』に挑戦して、最初の一〇ページくらいでやめてしまった思い出のある作家だ。作品こそ違うが、相手に不足はない。今回こそ読破してやろうじゃないの。

ということで、そのお上品そうな表紙を開くことになったのだが、でてくるやつ、でてくるやつが皆回りくどくてイライラする。

冒頭の部分から、

「何者だ？」

「いやわしの誰何《すいか》に答えろ、止れ、名乗れ」

「王様万歳!」

「バーナードか?」

「そうだ」

結局、声を聞いただけで誰なのかわかってるんだから聞くなよ。それに名前聞かれたなら、即座に素直に名前を言えよ。もう、こちとら江戸っ子じゃないけど、気が短けーんだよ。

こんなやつばっかりで、その後もホレーシオとマーセラスってやつが登場する場面でも、

「おい、止まれ、何者だ」

と聞かれ、

「この国の味方の者」「デンマーク王に忠節を誓ったもの」

だと。名前言えって言ってんだろ。名前をすぐに。わからないやつらだなあ。そんなやつらだから、そうこうしているうちに幽霊がでてくる。甲冑《かっちゅう》に身を包み亡くなった国王にそっくりで、普通なら国王の幽霊だということがわかりそうなものなのに、偉そうに、

「天に代わってなんじに命ずるものを言え」

なんて言うものだから、

「不機嫌そうな顔になった」「あれ！ 行ってしまう」ってまったく役に立たない。馬鹿なんだから、もう。

第二場になって、いよいよハムレットの登場だ。

しかし最初から機嫌が悪い。どうやら親父が死んで母親が叔父さんと結婚したのが気にくわないらしく、悩んでいるが、これが長いのだ。真打ち登場でいよいよハムレットらしくなってきて、

「もろき者よ、なんじの名は女なり」

など決め台詞《ぜりふ》も交《まじ》えてくれるのだが、なにしろ悩むのが長すぎるんだよ。一ページくらい平気で悩むんだから。戯曲なんだから、これを演じる役者のことも考えろよ。

そして馬鹿家来に教えられ、幽霊の親父に会い、親父を殺した叔父への復讐を誓うのだが、これ以上、読むべきか読まざるべきか迷ったが、読まないことには原稿が書けないし、大読書家への道も遠くなってしまう。そこで今回は僕なりに、ハムレットの内容を整理してみよう。案外ハムレットの内容を知らないひとも多いんじゃないかな？

ハムレットは父の亡霊に、母と叔父が不倫関係になり、邪魔な父王を毒殺してふたりは結婚し、叔父が王座についた経緯を聞かされ、復讐を誓う。そして、そのために狂気を装うのだが、人間不信、とくにひどい女性不信に陥ってしまう。多感期の高校生かお前は。

つい昨日まで、

「天女のごとき、わが魂のあがめまつる女神」

なんてラブレターを書いて言い寄っていたオフェリアに、掌《てのひら》を返したように、

「尼寺に行け」

と怒鳴り散らす。言ってることがメチャクチャなんだよ。そして、確信犯ではないにしろオフェリアの親父まで殺してしまうものだから、オフェリアは気が狂って自殺してしまう。登場人物、みんな無茶するなあ。

とにかくハムレットは、悩む前にまず警察に行け！

オフェリアは自殺前に妃ガートルードの前で歌を歌うのだが、妃ときたら、

「その歌の心は？」だって。噺家《はなしか》が大喜利《おおぎり》やってんじゃないんだから、なに呑気なこと言ってんだ。山田君、妃の座布団、全部持ってけー。それにくらべてオフェリアの歌はイカス。

「ホントに悔しいあんまりだ、ほんに殿御は罪作り（中略）、俺と一緒に寝なければ、ホントの夫婦になったのにと、つれない返事をするわいな」

「わいな」と来たよ。歳はいくつになったんだよ。国はどこなんだ。山田君、オフェリアに座布団三枚あげなさい。

一方オフェリアの兄レアティーズは、自分の親父と妹がハムレットが原因で死んでし

まったので、王と結託し、練習試合と見せかけて毒剣でハムレット殺害をくわだてるのだが、さあ、これからが早い。

この戯曲はやたらと長台詞が多いのだが、ここに来て台詞が短くてスピードがでる。やればできるじゃないか。さっそく試合となってバタバタ死ぬ。レアティーズの苦戦をみて、王は毒入りの酒をハムレットに飲ませようとするのだが、それを妃が飲んでしまい、まず妃が一丁上がり。ボーッとしてんじゃないぞ妃。

お次はハムレットがレアティーズの毒剣で傷つき、これがいわゆる致命傷。そのレアティーズもハムレットに刺されて昇天。そして王は、レアティーズに悪事を暴露され、ハムレットに刺されてアウト。みんなが死にだすと、それを流行と勘違いしたのか、ハムレットの親友のホレーシオまでが毒杯を仰《あお》ごうとするが、ハムレットに止められる。馬鹿。余計なことすんなよ。お前なんか関係ないじゃないかー。

というわけで弱すぎる登場人物がどんどん死んでいく。から騒ぎの『ハムレット』だが深読み読書派でも、どうでも楽しめるのではないだろうか。早い話が、みんなの好きにしてくれーっ、て戯曲で、こりゃあ歌舞伎界から、ワハハ本舗まで、いろいろな演出家が挑戦したがるわけだ。

お馬鹿さん見たさに、他の作品も読んでみよーっと。

『感情教育』フローベール（岩波文庫）

昨今、ぼくは友人の間で、非常に評判が悪い。

理由はわかっている。最近、友達から、

「いやあ、なにか面白いことないかなあ」

とか、

「やることがなくて、一日中ボンヤリしちゃったよ」

などと言われると、即座に眼鏡の縁を右手の中指で上げながら、

「君たち、そんな時間があるならば読書でもしたまえ。読書は人生において食事と同じくらいに必要なものなんだよ。わかるかねアッハッハッハー」

などと言って、原稿をチラチラさせているからだ。

どうもハムレットを読破してからというもの、言葉遣いや、動作が大仰《おおぎょう》になってしまっていやなやつになってきている。こんなことでは友達から毒殺されかねないと、反省の日々を送る僕に、また一冊の本が送られて来た。

今度はどんな本なのだろうと中を見ると、『感情教育』というタイトルが見てとれた。筆者を見るとフローベールとある。

どちらも、見たことも聞いたこともないものだ。今まで書いてきたものも、読んだことのない本だったのだが、読んだことはなくともタイトルや筆者の名前ぐらいは聞いたことのある本だったのだが、今回はまったく未知のものなのだ。『バスカヴィル家の犬』の例があるので、知らないのは僕だけではないのかと心配になり、知り合いに聞くと、そいつも読んだことがないらしい。ちょっと安心したが、本当は有名なものなんだろうと思う。

大読書家への道も、課題図書が、だんだん課題図書らしくなって来ている。どんどん賢くなってしまう僕のレベルに友人たちはついて来れるだろうか。って、もう嫌なやつになっているじゃないか。

というわけで、『感情教育』のページを開いてみたのだが、訳す人によって違うのか、僕が翻訳本に慣れてきたのかはわからないが、今までの二冊で感じた翻訳の白々しさがあまり感じられない。

主人公である、学生フレデリックはパリからの船上の雑踏のなかでひとりの女性を見つける。

「と、それはひとつの幻のようであった」

という文章から始まって、その女性の美しさや、その女性の身のまわりのことが、延々と書かれているのだが、これが、感じいい。フレデリックと彼女のやりとりは、まるで一幅《いっぷく》の絵か、香港映画のワンシーンのようだ。

それにしても、読んでいて、その女性の服装や顔を思い浮かべるのだが、どうやっても最終的に好きなひとの顔になってしまうのは、どうしたことだろう。

そして、その美しい女性が、フレデリックが尊敬の念を抱く画商のアルヌーの夫人ということを知るが、彼女のことが彼の頭から離れない。モンマルトルにあるアルヌーの店に彼女目当てに通い、毎晩、窓から彼女の影を眺めたり、恋文を書いてもだせずに破り、小説を書けば彼女の思い出ばかり。僕は普段ならここで、女々しいぞ、馬鹿、とつっこみをいれるところなのに、そんな気も湧かない。どうしたことだろう。ああ……。というわけで、『感情教育』を読み終えた。まあ落語家という仕事が仕事だけに、いつも、うがった読み方をしてしまう僕なのだが、今回は何となく感じ方が違っている。なんか、いいひとになりつつあるぞ。

今回の本の内容を要約すると、人妻であるアルヌー夫人に恋したフレデリックが、失望し、悩み、喜び、移ろい、くすぶり続ける感情と葛藤する思いを綴った小説なのだが(あまりにも要約しすぎかな。ちなみに文庫本で上下二巻分です)、読んでみると、いつものように、なにをいつまで悩んでいるんだー、とか、若いのに覇気が感じられないぞー、といった感想が湧いてこないのである。

読んでいるうちに、なんとなく気恥ずかしい感じになるのは、主人公、フレデリックの、自分が貧しければ、夫人がそれに同情してくれて、うまいことといくのではないかと か、金がはいったらはいったで、これで同等につきあえるだとか、非常にくだらないことで一喜一憂する姿が、自信も未来もなにも見えてこなかったころ、己の評価を決めかね、他の要因をもとに右往左往していた、若かりしころの自分を見るようだからなのだと思う。

想い起こせば、僕が高校生だったころ、思いを寄せていた娘（娘と書いて、こ、と読んでね）が結婚してしまい（同級生だったから、彼女は一七歳で相手の男は二〇歳ぐらいだったなあ。どうだ。地方都市っぽい話で、いいだろう）、友達と、東海道線の線路が見えるその娘のアパートに遊びに行ったとき、見慣れた制服姿ではなく私服で部屋に座っていた彼女の足の白いくるぶしの眩《まぶ》しさにたまらなくなって、部活帰りに意味なく自転車でアパートのまわりを走ってみたり、もしかしたらバッタリ逢えるかもしれないと、わざわざ彼女の家の近所のスーパーに買い物にいったりして、彼女の旦那と知り合いでなかったことや、どこに行っても結局会えなかったことをのぞけば、完璧にフレデリック状態の高校時代だった。うひーっハズカシー。今だったら、ストーカー行為だ。

そういえば、女のひとがまぶしく見えたあのころというのはなんだったのだろう。想い過ぎて食欲のなくなったときも確かにあった。著者フローベールの描きだすアルヌー夫人のシルクスクリーンを張ったような美しさを、僕も昔は恋した女性に感じていたはずなのに、近ごろそんなことぜんぜん感じないし、食欲もありすぎて腹もでてきた。フローベールの『感情教育』は、ときめきを忘れてしまった大人の恋愛感情の復習帳ってとこかな。

最後に『感情教育』のラストを……。

「あの頃がいちばんよかったな」フレデリックがいった。「うん、そうだろうな。あの頃がいちばんよかった」デローリエも言った。

僕もそう思う……。

『実践理性批判』カント（岩波文庫）

先日、都内での落語会の楽屋でのことだ。

「昇太さん、これどうぞ」

と言って渡された袋のなかには本が入っているではないか。『実践理性批判』カント、と書かれている。

まさかと思って、もう一度冷静に読み直したが、確かにカントと書かれている。あのカントなのだ。

何ですか、これは、と顔を上げると、そこには編集者の姿はなく、廊下から、

「へっへっへっ……」

と下卑《げび》た笑い声が聞こえて来る。

しまった、やられた。『実践理性批判』と書かれたその下には、翻訳したひとの名前が書かれているのだが、なんと三人の名前が縦一列で窮屈そうに並んでいる。オイオイ、三人がかりでないと訳せないようなものなのかよ。

この本の紹介文も載っているので、先にこれを読んでおけばわかりやすいのではと思い、読んでみた。

「『純粋理性批判』において認識原理の批判を行なったカントは、『第二批判』とよばれている本書において道徳原理の批判を主題とする……」

あーっ、もう紹介文からわからない。とにかく倫理学史上、不朽の古典らしい。

まず哲学とは何であろう、ということで、高校の卒業記念に貰った国語辞典をひらいてみると、事物や世界、人生の根本原理を深くきわめる学問、とある。まあなんでもかんでも、よく考える学問らしい。うーん、なにか言い訳めいていて、かなりめんどくさいことになりそうだ。そして、この本のタイトルは『実践理性批判』、つまり、「あなたも使える理性的な文句のつけ方」といったところか。

さっそくページをめくってみたら、なんじゃこれは。文字をいくら目で追ってみても頭のなかにはいってこない。全然わからんぞ。例えば、

「自由という概念はその実在性が実践理性の確然的法則によって証明されさえすれば、純粋理性の思弁的理性をも含む体系という建物全体のいわば要石をなすのである」

なんなのこれ。全然「自由」じゃないんだよ。こんなにひとに伝わらないものを、文章と呼んでいいのだろうか。こんな書き方しかできない、カントって馬鹿なんじゃないの。でも、世界中のひとが読んでいるらしいから、日本だけ訳しているひとが、わざと難しく訳してるんじゃないの？

どうやら、これを手がけた哲学者は、事物や世界、人生の根本原理について深く考えても、普通の読者のことは考えていないようだ。そうでなければ、こんな訳にならないだろうし、『猿でもわかる実践理性批判』とか、『マンガ実践理性批判』がでていてもおかしくないはずだ。哲学者のみなさん、普通のひとにわかるような訳でカントを提供してみろ。それが仕事ってもんだろう。それとも、

「けっ、一般人にオレの仕事がわかってたまるか。この仕事はオイラとお天道《てんとう》さんがわかっていりゃあいいんでぇ」

って職人肌なわけ？

あっ……哲学者も本当は理解してないんじゃないの。オウ、オウ、どうなの？

秩父夜祭日記

朝九時ごろ、友人の落語家、林家たい平君から電話がはいった。

「兄《あに》さん、たい平です。今親から電話がはいって、秩父《ちちぶ》はすごい雪らしいですから、暖かい格好で来てください」

「うそ。そんなに降ってるの」

「もう、吹雪らしいですよ。今年のお祭は寒いですよー。それじゃ西武池袋の駅でお待ちしています」

と言って、なんだか嬉しそうに電話は切れた。

そう、今日は秩父夜祭《よまつり》に参加する日なのだ。

秩父夜祭は、大きな屋台や笠鉾《かさほこ》、花火などで知られる、秩父神社の年に一度の大祭で、僕は去年秩父出身のたい平君に誘われて行き、そのときの感激が忘れられなくて、今年も参加させてもらうことになっているのだ。

　しかし、それにしても雪が降っているというのは恐ろしいことになってきた。静岡生まれで、雪などほとんど見たことがない僕には、今年の夜祭はきついお祭になりそうだ。とにかくたくさん服を着こんで、恐る恐る西武池袋線のホームに着くと、すでにたい平君は待っていて、

「兄さん、大変ですよ。雪ですよ。雪。今年は気をつけないと、かぜひいちゃうなあ」

などと言っているのだが、なんか嬉しそうなんだよなあ。

　電車がホームから離れて、走りだしても、

「昇太兄さん、雪ですから気をつけてくださいね」

などと心配してくれるようなことを言いながらも、すでに心は夜祭に飛んでいるのだろう。ぜんぜんひとの目を見て話していないのだ。走りだしてしばらくしても、

「雪が心配だなあ」

とうわごとのように繰り返しているが、見ると口元が笑っている。きっと雪のなかで屋台を曳《ひ》くのもオツだなあ、ぐらいに思っているのだろう。恐るべし秩父人。

　しかし、電車が秩父に近づいても、一向に雪景色は現われてこない。たい平君はトンネルにはいるたびに「トンネルを抜けると雪ですよ」と川端康成みたいなことを言うのだが、抜けるたびに晴天の空が広がっている。

「たいちゃんのお父さん、夢見たんじゃないの」

などと言いながら秩父の駅に着いた。結局雪は降っておらず、朝方に激しく降ってすぐにやんだらしい。

「なんだ、降っていないな」

とたい平君を見ると、早く家に行ってお祭の仕度をしたいのだろう、もう駅のおみやげ屋に挟まれた通りを小走りしている。僕もすぐに追いかけながら、

「今年の人出はどうなのかなあ」

とか、

「この前行った焼鳥屋さんおいしかったなあ」

と話しかけるのだが、たい平君は小走りの足を止めるどころか、そのスピードはどんどん速まるばかりで競歩のようになり、駅から五分程のたい平君の実家に着くころには、完全に走っている。

お祭の本番は明日なのに、今からこんなに体力を使っていいのだろうか。

ヘロヘロになりながらたい平君の後を追い、洋服の仕立てをしているたい平君の家に着くと、お父さんと、母ツヤ子さん、お姉さん、愛犬ポンちゃんが笑顔で迎えてくれた。

仕事や遊びでときどきおじゃまをするのだが、居心地のいいお宅で、

「まあまあ、どうぞ」

と招かれるままに、掘り炬燵《ごたつ》に足を入れると、

「まあまあ、どうぞ」

とお酒が出てきて、

「まあまあ、どうぞ」

とおいしい漬け物がでてくるのも、いつものことだ。

このころになると、なんとなく興奮していたたい平君も、落ち着きを取り戻したのか熱燗を口に運びながら、

「昇太兄さん、まあ落ち着いて、ゆっくりしてください」

などと言っている。おまえが落ち着いてなかったんだよ。

しばらくお酒を飲んだり、うどんをごちそうになったりしてから、たい平君といっしょに街にでた。

雪は降ってはいないものの、秩父の街はカンカンに冷えこみ、ひともまばらだが、すれ違うひとがあきらかに二種類に分かれている。祭を前にしてせわしげに歩いているのが秩父のひとで、なにか、のんびりとした顔をしているのが、外からの観光客なのだ。

僕の場合どんな顔をしているのだろうか、などと思いつつ、お祭のメイン会場の御旅所《おたびしょ》の脇にある、見せ物小屋の前にでた。

お祭の前日ということでまだ開いてはいないのだが、とても日本人とは思えない、タ

ーザンのジェーンみたいなめちゃくちゃスタイルのいい女のひとに大蛇がからみついている絵（何となくニシキヘビ風なのだが、この絵の場合ニシキヘビでも、ただの蛇でもなく、当然うわばみでもなく、大蛇が正しいのである）や体が蛇で顔がこれまた美人の女のひとを見て、いい男の村人が驚いていたりしているその独特の布製の看板が、山から下りてくる風にハタハタと揺れて、なんとも言えない風情《ふぜい》が感じられる。

今回は明日の朝から祭に参加するために見せ物小屋を見に行くことができないが、もともとこの秩父の夜祭に参加するきっかけになったのは、この見せ物小屋を見るためだったのだ。

僕が初めて見せ物小屋を見に行ったのは、小学校の五年生のときで、地元清水の秋葉《あきは》神社に毎年来ていた見せ物小屋だった。

教育的配慮というおせっかいなもののためか、なぜか僕のいた学校では、子供だけでは見せ物小屋を見に行ってはいけないことになっていた。いつも友達同士でお祭を見に行っていた僕は、その、太鼓の迫力あるBGMにのせて独特のダミ声で語りかける口上のおじさんが立っている幕の内側で展開されているはずの見せ物を、見ることなく過ごしてきていた。

見たい。けど、怖い。

見せ物小屋にたいする想いは募るばかりで、お祭の前日になると、小屋のテントを張る作業を見たり、当日も小屋の前で口上を延々と聞いたりしていた僕は、意を決して友達に、

「見せ物小屋見たくない？　今ヘビ女が来てるらしいぞ」

と言うと、

「おう、あれ去年見たよ」

と、いとも簡単に言い切るではないか。

「誰と行ったの」

「ひとりで」

おお、なんてやつだ。怖そうで、しかも学校からも父兄同伴でないとだめだと言われてる見せ物小屋に、たったひとりで行ったたなんて。急にそいつが大きく見えた。実際、クラスで僕より小さいやつはひとりしかいなかったけど。

「子供だけで見に行くの禁止じゃないの」

「うん」

「それなのに行ったの」

「うん、いいじゃん」

すごい、すごすぎる。「いいじゃん」ときた。この言葉で僕のなかにあったなにかが、

ガラガラと音をたてて崩れていった。規則って破ってもいいんだ……。

「また見に行かない」

「うん」

いとも簡単に交渉が成立して、見せ物小屋にでかけた。

土曜日の半日授業が終わったばかりで、まだ明るくて調子がでないのだろう、ちょっと迫力不足のおじさんの口上に送られてなかにはいった。お客さんもまばらな昼間の見せ物小屋のなかでは、二、三人の大人がいて、奇形の牛のミイラだというものを見せられたり、おばさんが火を吹いたり、ヘビを食べたり、非日常の世界が広がっている。ボーッとして、お金を払って外にでると、いつもの地方都市の風景が広がり、さっきまでのことがウソのようだが、なんとなく大人になったような気持ちになった。

祭も終わった月曜日の朝、通学コースを変えて神社の前を通ると、口上のおじさんが小屋の解体作業をしていた。しばらく立ったまま見ていたら、おじさんと目が合ったので、

「これから、どこに行くの」

と聞くと、めんどくさそうに、

「あーん、遠く」

と答えた。

それから毎年のように見に行っていたのだが、当時三軒ほど並んでいた見せ物小屋も、一軒減り、二軒減りと、いつのまにか来なくなってしまい、お祭はなんだか寂しいものになってしまった。

まあ、あの仕事も後継者といっても、なかなかむつかしいだろうし、正直言ってあと二〇年もしたらなくなってしまうものではないだろうかと思い、東京に来てからも、花園神社などで今でも見ることのできる見せ物小屋は、なるべく見に行くようにしている。

そして、いつかは自分でお金をだしてでも映像として残しておきたいと考えているのだが、そんな話をたい平君にしていたら、

「兄さん、見せ物小屋でしたら、秩父の夜祭に三軒並びますよ」

と言われ、

「それじゃあ、俺、見に行く」

「どうせ来るなら、参加してくださいよ」

「見せ物小屋があるなら、どこでも行くよ」

と言うことで、去年の秩父夜祭初体験になったのだった。

今年はちょっと見られなくて残念なのだが、去年ハシゴして見た風景を思い浮かべながら、そこを後にした。

相変わらず冷え込むなか、のぼり旗ははためき、暗くなりはじめた空に星が見える。

見せ物小屋を後にして、飲み屋にはいる。二階が畳の宴会場になっていて、その部屋から、すでに熱気が溢れている。

ここは、屋台を曳くときにいつもお世話になっている下郷町会、勇志會の集会の場所なのだ。

はいるやいなや、あちこちから、

「オー。来た来た、こっちへ座れ」

「おー、たい平」

「あっインチキ昇太だ」

と大声が飛び交う。すでにみんな酔っている。

言われるままに座ると、

「一気だあー」

の声が一斉に上がり、手に持った、ビール会社のロゴが入ったコップめがけて、縦横斜めいろんな角度から徳利《とくり》が差しだされて、ガバガバ注がれる。たい平君とふたりで立ち上がって、

「今年もよろしくお願いしまーす」

の挨拶もそこそこに会場全体の一気コールが始まる。一息で飲みほすと当然のように、

「もう一杯、もう一杯」

のかけ声に変わり、それを飲みほせば今度は、

「駆けつけ三杯、駆けつけ三杯」

の大合唱となるのだが、注ぐときに、

「昇太はこのぐらいにしてやるよ」

と言いながら、去年も参加しているよしみで、なみなみと注ぐはずのお酒を半分ぐらいにしてくれる優しさも忘れない。

この三杯目のお酒を機械的に飲みこんでからは、たい平君の猥歌《わいか》などを聞きながら注がれるままに酒を飲み、目の前のつまみを食べながら、明日の天気のことや、誰それが太ったの痩《や》せたの言いながら飲み、その後、各町内の若い衆の懇親会にでかけて明日の健闘（？）を誓うのだ。

翌朝。

「兄《あに》さん、時間ですよ」

という、たい平君のお母さんの声に起こされて朝を迎えたのだが、布団のなかの温かさと外の空気の温度差が布団をめくる動作を緩慢《かんまん》にさせて、なかなか動けない。動けないのは布団のなかが居心地がいいということだけではなく、夕べのお酒もそれに拍車をかけていて、起きあがってダラダラと階段を下りようとすると、階段を下りるリズムに合わせて頭がガンガンしてしょうがない。

居間のコタツに潜《もぐ》りこみ、朝ごはんをいただく（今、書きながら思ったのだが、あさごはんは「朝御飯」と書くより「朝ごはん」と書いたほうがなんだかおいしそうだなあ）。

二日酔いで食べられないかと思ったら、なんだかここの家の食事はおいしくて、結局、お父さんから注がれるままに、ビールなんか飲んだりして調子がでてきた。

調子がでているのは僕だけではない。一家のひとりひとりが昨日とはあきらかに違うパワーをみなぎらせているのだ。みんな心なしか目が険しくなっている。

「はい、着替えてちょうだい」

声にせき立てられて、祭の仕度をはじめて半纏《はんてん》を羽織って表にでると、たい平君の家だけでなく、夜祭へのパワーがオーラのように秩父の街全体に溢れていて、道路も電信柱も空気までもが昨日と違ったものに見える風景のなかを、たい平君とふたりで地下足《じか》袋《た》《び》をペタペタいわせながら、下郷の笠鉾を目指して走る。

すでに曳き始まっている笠鉾にたどり着くと、夕べの皆さんが、

「おっ、ごくろうさん」

と声をかけてくれる。その顔も昨晩の酔っぱらった顔とは違って、キリッとしていて男らしい。

これから笠鉾を秩父神社に曳いて行き、夜のクライマックスである御旅所への供養へそなえるのである。

秩父神社へ到着するお昼ごろになると、秩父の街は祭を見る観光客で溢れ、関東を代表するお祭にふさわしい雰囲気になってくる。

一杯飲んで、一段落ついてからたい平君の家に戻ると、たい平君の家は兄弟、親類、近所のひとが、入れ替わり立ち替わりで一杯になっていて、そのなかでまた、お酒をガンガン飲みまくって、体のなかからお清めをするのだ。

そして、いつのまにかコタツのなかで寝てしまっていて、

「兄さん、時間ですよ」

と、またたい平君のお母さんに起こされる。

夜の七時頃になると、あたりもとうに暗くなり、夜祭の雰囲気と寒さが身を包むようになる。いよいよ、中近、下郷、宮地、上町、中町、本町の各笠鉾、屋台を、御旅所へ曳いていく時間がやってくる。

道の両側が、街のひとや観光客でごった返すなか、秩父神社から次々と笠鉾や屋台が出発する。何十トンとある木造の笠鉾が軋《きし》みを上げ、笠鉾の土台のなかにいる太鼓連が鉦《かね》、太鼓、笛を鳴らして、提灯の光で完全武装した笠鉾が動きだすと、沿道のひとから、

「うおーっ」

と低い歓声が上がる。

何百人というひとが曳き縄を引き、全重量が心棒と車に伝わる。キューという高音の

うなりをあげ、心棒と車の接点に摩擦が起きるので、油をしみこませた布を巻いた長い竹心棒に、さらに油を塗りながら進むのである。

曳いているうちに、寒さとか、まわりの雑踏が気にならなくなって、気持ちがよくなってくるのがわかる。笠鉾が上げる高音のうなりと太鼓に脳が覚醒していくようだ。

車輪のみの笠鉾は、直進しかできない。御旅所に行くまではいくつかの曲がり角があるから、そこを曲がるときが大変だ。棒を笠鉾の下にいれ、そり木をかましてから、この要領で笠鉾を持ち上げておき、笠鉾の土台の下の中心部にあるくぼみに台のついた棒を地面から垂直に立てて、いわば中心の一点で笠鉾を支え、宙に浮かせた状態で一気に九〇度回転させて方向転換をはかるのだ。

もちろん、この見せ場を見物のひともよく知っているから、道の角には大勢のひとが群がり歓声とどよめきが上がり、その歓声でさらにアドレナリンが分泌され、曳き手の脳を刺激するのである。

こうして、御旅所の前に立ちはだかる団子坂を時間をかけてようやく上げると、待ってましたとばかりに数千発の花火が上がり、澄んだ冬の夜空を照らしだすのだ。

次々と上がる花火を見ていると、たい平君が、

「兄さん、そろそろ志の輔師匠を迎えに行きましょう」

と言ってきた。

そうだ。今回は立川志の輔さんも参加するのだ。あんなに仕事で疲れた男が、こんなに寒くて激しい祭についてこれるのだろうか。

秩父駅で、志の輔さんをたい平君一家と待っていると、最終の特急レッドアロー号から志の輔さんが降りてきた。きっと今日も仕事三昧だったのだろう。疲れが全身から見て取れる。「志の輔師匠、志の輔師匠」と一家の大歓迎をうけ、たい平君の家で「志の輔師匠、志の輔師匠」と酒をつがれ、「志の輔師匠、志の輔師匠」と半纏を着せられて祭の場へと送られる。志の輔さんとは同期なのに、なぜこの人は師匠で、ぼくは兄さんなのだろう。

花火も終わり、観光客が帰った後も祭はまだ終わっていない。御旅所からの曳き下ろしが始まるころだ。御旅所を離れ各町内に、それぞれの笠鉾、屋台が、静まり返った沿道を帰る道は、商店街を離れるとさらに寂しくはなるのだが、僕はこの時間の方が風情があって好きだ。

志の輔さんを見ると笠鉾の横で、

「いいねー、いいねー」

と呟きながら曳いている。やっぱりどこか刺激され覚醒しているようだ。

そもそもこの秩父夜祭は、町内のお諏訪《すわ》さまを正妻に持つ、秩父にそびえる男の神様である武甲山と、秩父神社に祀られる、女の仏様の妙見菩薩が年に一度逢い引きをするお祭で、言ってみれば七夕さまの不倫版で、逢ったときの嬉しさと、また一年会えない寂しさを土地の神々と共有する色っぽい祭なのだ。

僕も明日の朝から仕事が待っている。本来ならば、明け方まで続く曳き下ろしに最後まで参加したいところだが、程よきところの交差点で別れることにした。

帰り道、振り返ると笠鉾の横で、たい平君の振る提灯が揺れている。

武甲山の神様が明日から正妻のところに戻るように、秩父の街も明日から普通の毎日に戻るのである。

末広亭の楽屋の火鉢

寄席の楽屋にはなにかが漂っている。日本のブラジルとも呼ばれる静岡県清水市というサッカーのことばっかり考えている土地に生まれ、一八歳まで育った僕は、落語というものをなんにも知らずに生きていたのだが、幸か不幸か大学で、誘われるままに落語研究部に入り、落語という禁断の果実をかじってしまったのだ。

その禁断の果実に生で接したのは、にっかん飛切落語会での（当時二ツ目だった）小朝師匠の『愛宕山《あたごやま》』だったが、登場した瞬間、落語はおじいさんが演じるものだと決めこんでいた僕は、「あっ若い人も落語やるんだ」と呟き、横にいた小朝師匠の追っかけと思われる女の子三人組にキッと睨《にら》まれ、終わった瞬間、「おもしれーな、こちょうは」と言って殴られそうになりながらも僕なりに感動し、トリだった談志師匠を聞いてパニックになった。

なんで今まで落語を知らずに生きて来たのだろう。ヘタすりゃ生涯知らずに死んでいたかもしれない、というボディブローのような軽い恐怖感を意識しながら、下宿に帰る小田急線のなかでカルチャーショックと戦い、その後、三遊亭円丈師匠の新作落語を渋谷のジァン・ジァンで知り、春風亭柳昇にとどめを刺されて気がついたら落語家になっていた。

しかし、憧れてはいったはずのこの世界も、毎日毎日お茶汲みと着物たたみの連続で、やりたかった新作も前座では寄席の高座に掛けられるわけもなく、なにをやってもつまらなく、朝目覚めるたびに今日は辞めようなんて考えていた。

そんなころの話だ。

新宿の末広亭の楽屋には季節に関係なく火鉢が置いてあるのだが、その火鉢を中心にして身分ごとにテリトリーがなんとなく存在していて、火鉢のまわりにはベテランの真打ち以外は座れない雰囲気がある。そしてその火鉢まわりのなかでも、高座の上がり口の対角線上に位置する柱と火鉢の間が大幹部の座る位置と決まっているのだ。まあ早い話が、そこが火鉢を前にして背中を柱にもたれ、いちばん楽な姿勢で出の順番を待てる場所で、当時は先代の故雷門助六師匠が座っているのがいちばんよく似合っていたと思う。前座の僕にとっては、とてつもなく遠い位置に感じられる場所だった。なにせ志ん生師匠も文楽師匠も円生師匠も座った場所なのだ。

ある日、いつものように渋々楽屋にはいった僕は、誰もいないのをいいことに、落語界の玉座ともいえるその場所に腰を下ろしてみた。

木造の建物特有のひんやりした畳の感触や、火鉢の灰の香り。初めて見る視点の違う楽屋はいつもより広く堂々とした感じに映り、そして背中の柱から僕の体にむかって何かジワーッと伝わってくるものがあるのだ。この柱に寄りかかってきた、師匠方の幸せの塊みたいなものが柱に染み付いているのだろうか。それが伝わって来ているような気がしてなんだかウットリしてしまった。

前座二年目の夏の話だが、これが歴史とか伝統ってものなのだろうか。あれから一度もあの場所には座ってないが、寄席の楽屋にはなにかが漂っていて妙に気になるのだ。

名前ってむずかしい

国立演芸場で、大阪の女性落語家である桂花枝さんが、入門以来名乗っていた花枝という名前をあらためて、桂あやめを襲名する披露があったので手伝いに行ってきた。

あやめさんは、連続殺人犯に首を締められて一躍有名になるというダイナミックな経歴を持っていて、女性の視点からの落語を沢山書いている、非常に優秀な創作落語家だ。

当日の出演者も三遊亭円丈師匠、桂三枝（現・六代目文枝）師匠、桂文枝（五代目）師匠と豪華なメンバー（一応、僕も出演者だったけど……）での襲名披露で、あやめさんの晴れがましい表情が印象的だった。

また先日は弟弟子柳八君が真打昇進を機に大名跡「春風亭柳好」を襲名し、新しいスタートラインに立った。

落語家にとって襲名は特別な意味があって、自分の好きな名前を主張できる数少ないチャンスなのだ。なぜかというと、基本的に落語家の場合、入門してすぐに芸名を貰えるものではなく、しばらくのあいだ師匠の身のまわりのお世話をしながら落語家としての適性を見られ、こいつは大丈夫だろうというころに、ようやく名前を戴けるというわけなので、名前をつけてもらえるだけで胸がいっぱいになり、師匠のつけてくださった名前が、たとえどんな名前であろうと、すみません、その名前あまり好きじゃないんで他の名前に変えてください、なんて胸がいっぱいじゃなくても言えないものなのだ。まあ、もし勇気を振り絞って言えたとしても、ああそう、君、明日から家に来なくてもいいよ……というのが関の山だろう。

名前をつける立場の師匠のほうも、一生懸命考えてくれてはいるのだろうが、東京の場合、前座修業から四年後くらいに待っている二ッ目昇進の際に改名することが多く、そのときに変えればいいので前座名は気楽に命名することができるらしく、いいかげんな名前も存在する。僕の場合も、春風亭柳昇の八番目の弟子で昇八と安易な前座名だったが、じつはこの名前の前にもうひとつの名前があったのだ。

入門して少したったころ、師匠の柳昇から、君に名前をつけたから明日家に来なさい、と言われ、次の日喜び勇んで師匠のお宅に行くと、師匠が近所の銀行から貰ったメモ用紙に筆ペンで、せい昇、と書いて僕に渡してくれた。

なにがなんだかわからずボーッとしていると、君は静岡県の清水市出身だから清水の清を平仮名にして、せい、柳昇の昇をつけて、「せい昇」だよ。まあ二ツ目になったらせいを漢字にして清昇にしなさい、とニコニコしながら言った。頭のなかで、あっ……これ僕の名前なのか、とわかるまで四秒くらいかかった。春風亭せい昇。なんて色っぽくない名前なのだろう。しかも改名のチャンスである二ツ目の時にも、せいが清になるだけで名前は変わらないというのだ。

クラッときたが、名前を戴くということは正式な弟子として認められたことを意味するわけで、有り難くそのメモ用紙を手帳にしまいこみ、師匠と一緒に居間でお昼ごはんを、これから僕の名前はせい昇なんだという思いをお米と一緒に噛み締めながら食べていると、おかみさんが居間にはいってきて、「この子名前なにになったの」と聞いた。師匠が「せい昇」と答えると、おかみさんが間髪をいれず、なにそれ、せい昇って言いにくいじゃないの、なにか他にいい名前がなかったの。貴方もそんな名前嫌よねえ、と言われたが、ええ、そんな名前嫌です、とも言えず心のなかで、おかみさんレッツゴーもっと言ってくれー、と思っていると、師匠はじゃあ変えよう、さっきの紙出しなさいと言って、手にした、せい昇と書かれたメモをクシャクシャに丸めてゴミ箱に捨て、新たに手にした銀行のメモ用紙に、昇八、と書き、八番目の弟子だからこれ、とわかりやすい説明をしながら僕に渡してくれた。

かくして僕が落語家になって初めて名乗ったせい昇という名前は、約一五分で落語界から消え去り、昇八の襲名披露は、お昼のニュースを見ながら師匠の家の居間で出席者不在のまま、とどこおりなく終了した。

前座とはいえ人間の名前でさえそうなのだから、他の生物の名前はどうなのだろうかと考えてみたら、名づけたやつの顔が見たいほど無責任な名前のオンパレードだった。

植物に多いのが、ちょっと葉っぱがギザギザしていたり、色が赤かったりするだけで名前の前にオニとかテングとかつけられたりするパターンだ。ひどいじゃないの、人間の子どもは生まれたてで赤いと、赤ちゃんになって、なんで植物だけ鬼や天狗なんだよ。名づけたやつは自分の子どもを鬼ちゃんとか天狗ちゃんとか呼んでみろ。

鳥類にもいいかげんな名前があるぞ。近づいても逃げなかったから、アホウ鳥……誰だー命名したやつは。素直鳥とか友好鳥とかつけられなかったのかー。アホと呼ぶからには関西のやつだな。

まあアホはまだ耳にした感じが柔らかだからいいけど、許せないのが、バカ貝。ひどすぎるよー。バカ貝は自分がバカと呼ばれているのも知らずに海底でボーッとしているのだろうか……あ、やっぱりバカだ。

虫を調べたらクズノチビタマムシというのがあった。責任者出てこーい。

★「弟子希望者列伝」の項で書いたように、あの後弟子を取るようになったのだが、やはりあの頃と思いは同じで、名前をどう付けていいのかで猛烈に悩んだ。僕がそうだったように弟子にも「こんな名前がいいなぁー」ってのがあるだろうし、後になって「この名前の画数のおかげで金運が悪いんだ」とか「こんな名前つけられたから、売れなかったんだ」とか「この名前のおかげで、結婚したかった彼女のお父さんに反対されました」とか言われたくない。
どうしたものだろうと悩んでいたら、好い事思いついた。そうだ、自分でつけさせれば良いんだ！　これこれ。これなら売れないとか、画数とか因縁つけられる事がないし、僕が悩む必要も、悩む時間も無くなる。しかし問題は、うちに来るような弟子だからバカで、前座のくせに「円朝」とか「金語楼」とか付けちゃう可能性があるから「昇」がどこかに入った名前をいくつか考えさせて、その中から僕が選ぶようにしている。そうなれば納得して仕事に打ち込めるだろうし、自分で名付けたためだろうか、「前座から二ツ目に昇進する時に、名前を変えて良いよ」と言っているのだが、愛着があるのか皆名前を変えずに二ツ目の名前としても使っている。めでたしめでたし。クズノチビタマムシも自分で名前をつけさせれば良かったな。

バンジー日記

人間というものは誰でも、多かれ少なかれ苦手なものを持っているものである。

この苦手というものは、苦手というだけあって、あらかじめひとに喋っておくということをひとはあまりしない。そしてその苦手なものに遭遇したときに初めて、じつはこれダメなんですと発表して、まわりのひとから、へーっ、そーなんですか、これダメなんですかー、とうれしそうな顔して言われることが多い。

しかし、なぜひとの苦手なものを聞いたときってあんなにうれしいのだろう。しかもそれが自分の得意なものであったりすると、もう大変だ。えーっ、うそー、本当ー、なんでー、と誰もが偏差値の低い女子高生みたいになってしまうし、逆に共通する苦手なものだと、太陽を直接見たときのように眩しそうに目を細めて、うれしそうに、そうだよなー、そおなんだよー、ということになり、他人が苦手なものでも、自分が苦手なものでも、苦手話というものはなぜかうれしいものである。

さて、それじゃあ、お前の苦手はなにかと言われると、非常に一般的で申し訳ないのだが、高い所なのである。

この時点でもう、えーなんでー、と言うひとと、そうなんだよなー、って言ってるひとがいるはずだ。とにかく三階以上のベランダから下を見るのが恐ろしく、手すりが低かったり、なかったりしたらそこに近づくことができなくなってしまうし、よくコマーシャルなどで外国の断崖絶壁のところに車などを置いて空中撮影とかしているシーンがあるが、あれなどは見ているだけで背骨がジワジワしてきて、頼むからやめてくれー、という世界なのだ。

そんな高所恐怖症の僕がバンジージャンプをやりに山形へでかけたのだ。もちろん仕事がらみだ。

東京から何時間か新幹線と車に揺られ、山形県の朝日町というところに到着した。行ったのはラジオのスタッフと僕、そして林家たい平君で、車中から見る風景は非常に美しく明るい田園風景だった。

車を降りて、ここがバンジージャンプの会場ですよ、と案内されて飛びこんできたその風景に、僕の目は一瞬凍りついてしまった。跳んでいるのだ。ひとが、橋の上から次々と、跳んでいるのだ。

緑が美しい渓谷《けいこく》に橋がかけられ、その中央に小さなジャンプ台が作られていて、そこから足にロープをつけたひとが、あー、とか、ぎゃー、とか言いながら四〇メートル下の川にむかって飛びこんでいて、それを橋のたもとからギャラリーが、早くやれーとか、落ちろー、などと口々に好き勝手なことを言いながら見ているのだ。こいつらバカか、と思わず口にだしてしまったが、まさかそのバカに僕もなろうとは……。

今回、山形でバンジーを、と言われたとき、もちろんお断りをしてあり、たい平君ひとりが跳ぶことになっていて、会場についてから恐ろしい風景を目の当たりにしてやっぱりたい平君に任せてよかったなあと思っていたのだが、さあ、これからジャンプの受け付けというときになると、なぜか、

「こんなチャンスはめったにないのに体験しないで帰るのか、いいネタにもなるのにー」と言うもうひとりの僕が存在するのだ。

こんなときはしょうがない。とりあえず一応、受け付けだけやって、途中で嫌になったらやめようと思ったのが僕の計算違いだった。むこうの方が一枚上手《うわて》だった。なにしろいったん受け付けをしてから、ジャンプするまでのシステムが完全に出来上がっていて、考える隙を与えないのだ。

受け付けをするとすぐ体重を計られ諸注意が始まり、そのままジャンプ台へ。たい平君が跳んで怖そうならやめようと思っていたのだが、もう一度体重を計ると前に跳んだ

ひとと僕の体重が一緒だったらしく、体重によってロープのバネを調節する都合だろう、ハイあなた先、と言われ、えっ俺なの、いいよー後でー、と言った先にいるのは、オーストラリアから来ているという外国人のインストラクターで、話が通じない。オー、ヘイ、ノー、と意味不明のことをオーストラリア人にむかって訴えているうちに、足にロープがはめられていた。これ外れないの、と日本語で問いかけても、むこうは一方的に説明してきて、時折オーケー？　と聞くから、理解できる言葉がでてきたうれしさにオーケーと答える。オーッ、グッドと言われて、おっなにが良かったんだ、僕は今なにを答えたんだと思っていると、ハイハイとばかりに橋から三〇センチほど迫《せ》りだしているジャンプ台の上に立たせられていた。えーっどうして、ここに立ってるのー、と考える間もなくカウントだ。

「ワン」、もう自分が高所恐怖症などということすら忘れている。

「トゥー」、というか頭のなかで忘れようと努力しているのだろう。

「スリー」、足元の板の下にはなにもなく、川との四〇メートルの間を風がピューピュー吹いている。

「バンジー」、妙に陽気なかけ声に送られて空中へ身を投げるのだが、不安とはこのことを言うのだろう、ただひたすら落っこちているだけなのだ。

やっと悲鳴を上げたところ、今度は橋にむかって体が引っ張られる。もうどこをどう見ているのかわからないが、四〇メートルの空間のどこかを行ったり来たりしているのだろう。冷静になると川の三メートルくらい上をブラブラしていた……。

この体験でわかったことがふたつある。ひとつは嫌いなことには絶対に近づかない方がいいということと、飛び降り自殺するひとは途中で気を失ってしまうという話、あれは嘘だ、ということだ。

ピノキオの夜

新作落語界の小さな酒豪。体の大きさと酒量が反比例する男。酒仙小僧。飲み屋中毒。肝臓シャウトマン。

酒に関する様々な異名を持つ僕である。

たしかに仕事が終ると、いつもどこかで飲んでいる。我ながらこんな暮らしをしていて大丈夫なのだろうかと心配になる時もあるのだが、「酒なくて、何が己の肝臓かな」などと書いているくらいだから改めようという気がない。

酒について、師匠の柳昇に、

「お酒を飲んでいて、すぐに怒るようなひとは、どこか体の具合が悪いんだね」

と言われているので、機嫌良く飲めるうちは、体調を崩さない程度に飲もうかなと、考えているのだ。

こんな調子で、お酒が好きだということが知れ渡っているせいか、僕の楽屋への差し入れは甘いものやお花は極端に少なく、酒、それも持ち帰りやすいワインや、ビール券がほとんどでとてもありがたい。

地方に公演に出かけたりすると、終了後打ち上げがあったりして、各地の名産の食べ物で一杯、なんてことになったりする。

まあこちらのほうは、僕だから飲ませてあげようというのではなく、一般のひとたちは落語家は皆飲ん兵衛だと思っているらしいのだ。あたりまえだが落語家にも飲めるひともいれば、一滴も飲めないひともいるのに、落語家は皆一様にお酒が飲めると信じきっている節があるのだ。

それは多分に、昭和の名人古今亭志ん生師匠の、関東大震災のときに酒屋に走って落ちた酒瓶を見て、地面に吸わしちゃあもったいない、と言ってそれを飲んだ、などの酒の逸話が影響していると思うのだが、時には楽屋にお酒を持ってきて、我々に勧め、僕が仕事の前は飲みませんからと断ると、ガッカリしたように、

「えっ飲むんでしょう？　飲んだほうが、口がなめらかになるんでしょう？　違うの？」

と、どこでそんな情報を得たのか、すごいことを言ってくるひともいるのだ。

でもまあ、こんなことは好意でやってくれていることなのでありがたいのだけど、たとえ好意で飲ませてもらうにしても、僕は、絶対ここでは飲みたくない、という嫌いな

場所がある。

それは、おばさんが横に座って、水割にかわき物をやたらと勧めてくれるスナックみたいなところなのだ。そういうところに誘われて行くと、店構えを見ただけで、顔が曇る、という拒否反応がでてしまう。

あれは今から十年程前、僕が二ッ目になったばかりのころだった。ある地方都市へ行き、落語会終了後打ち上げとなり、楽しく飲んだ。主催者のおじさんが、

「連れて行きたいところがあるから。行きましょうよ」

ということで、タクシーで五分ほど走った繁華街の雑居ビルの四階に行った。

そこには〈ルミ〉とか〈薔薇〉とか〈キャンディー〉とかいう、いかにも地方のスナックでございます、といった名前の店がならび、非常階段の横の〈ピノキオ〉という名前の店に、おじさんははいって行った。

〈ピノキオ〉なら、まだ〈ルミ〉の方が期待できそうだったなあ、などと思いながら店にはいると予感は的中して、店の奥から南の島のおみやげ屋に売っている、木彫りの人形みたいな女の人たちが、バラバラッと小走りに近づいてきた。

「あら、いらっしゃい。ひさしぶりねえ」

「あっ。来た」

「あれー。こんばんは」

「まあー。いらっしゃい」

店は暇だったようで、全員が飛びだしてくるのだが、そのひとたちは、年齢も服装にも統一感がなく、高い店なのか、安い店なのか、ぜんぜん判断ができない。

僕はなにもその女性たちのファッションや容姿がどうとか言っているわけではないけど、すごく嫌な予感がしたことだけは確かなのだ。

一九七〇年代風の、クッションがスポンジで出来た丸い椅子に座らされると、

「はじめまして」

「いらっしゃい」

などと口々に喋る木彫りの人形軍団に囲まれ、悪い予感はすぐに的中した。

「今日はなにがあったの」

おじさんに、木彫りが聞いた。

「落語会だよ、このあいだ言っただろ」

「ああ、そうねー。ごめんなさいねー行けなくて。忙しかったものだからー」

誰でも見抜けるジャブのような嘘をかましてから、

「で、この若いひとは」

と僕の方を手のひらでさして言った。

おじさんは自慢するように、

「どこかで見たことない？」

落語会を開いてくれるようなひとたちにとっては、僕は落語という古典芸能の花形なのだが、この木彫りの人形たちが知っているとは思えない。

案の定、眉間にしわを寄せながら、

「知らなーい」

知らないのはかまわないが、偉そうに言うな。だいたい「知らなーい」って、歳はいくつなんだ。しかも俺は客なんだよ、他に言い方ないのか。

さらに、この木彫りの人形は、隣にむかって言った。

「このひと、知ってる？」

「知らなーい」

横の木彫り、お前もか。おじさんはちょっとガッカリしたのか、気を取り直して、

「テレビで見たことないか」

「テレビでぇー、ごめんなさーい、私あんまりテレビ見ないから」

うそつけ。じゃあ舞台や映画をお金だして見に行っているっていうのか、木彫りよ。

今日のお勘定を、全部払うはずになっているおじさんはさらにガッカリして、

「落語家だよ。なんとなく、見たことあるだろう」

確実にトーンダウンしている。

「落語って？　ああ、笑点の」

それがテレビなんだよ。

「へーっ落語家さんなのー」

木彫りたちは集まってきて、

「このひと、落語家さんなんだってー」

「えーっ本当。落語やってー」

頭のなかでカチン！　という音が聞こえる。

馬鹿か、お前らー。なんで、ここでお前らを楽しませなきゃいけないんだよ！　お前らが客の俺を楽しませろ。

と連れて来てくれたひとの手前口に出すわけにもいかず心の中で叫んだので、ストレスが溜ってしかたがない。

腹が立ったが、体の具合が悪いわけではないことは確信していたので、ガンガン飲んだが全然酔わなかった。

こんなことがあってから、田舎のスナックが苦手になったのだ。現在でも時々連れていってもらうのだけど、だいたい似たり寄ったりで自分ではぜったいに近寄らないようにしている。

ちなみにその後、その街に行く機会があったので、あの雑居ビルを見に行ったら、非常階段はあったが〈ピノキオ〉はなくなっていた。まああんな店が滅びるのは、当然だろうとまわりを見ると、〈ルミ〉も〈薔薇〉もなくなっていた。不景気なのね。

★相変わらずスナックは好きにはなれないでいる。料金体系がわからないし、スナックの女の人は、接客が面倒だとすぐにカラオケを歌わせようと歌本をまわしてくるし、水割りを飲んでいる途中で注ぎ足しちゃったりするからだ。僕はビールでも日本酒でも、飲んでいる途中で注がれるのが嫌い。何故かと言うと途中で注がれると、今日どのくらい飲んだのかがわからなくなってしまうからだ。逆にいえばスナックの女の人は、何杯飲んだかわからなくしているのではないかという疑念すら湧いてくる。

途中からの注ぎ足しが嫌いなので、座った時に「水割りは、飲み切ってから作ってね」と念を押しても、もう身体にしみついているのか、人がカラオケ歌ってグラスから目を離した隙に作っちゃったり。スナックの女の人も一人じゃないので、いつの間にか別の女の人が、水割り足しちゃったりするのだ。あんまり言ってもわからないから、コースターをグラスの上に置いて、蓋したりする始末で、油断も隙もあったもんじゃない。これからは、フタの付いてるマイグラス持って行こうかな。

ベトナムウソツキ日記

★昔はよく、立川志の輔さんと一緒に海外旅行に行っていた。最近はスケジュールが合わなくて行く機会がないのだが、毎回本当に面白くて、二人とも自分の立場でのみ旅行の事を自分の独演会などで話すものだから、全くお互いの言い分が違っているので、両方の落語会に行って旅行の話を聞いた人からは「どちらの言っている事が正しいんですか」とよく聞かれたものだった。どちらも正しいというのが正解なんだけどね。

そんな海外旅行でベトナム・カンボジアに行った後に、当時流行っていたフリーペーパーってやつに無責任に書いたのがコレ。旅行行程だけが本当で、あとは妄想……でも、気に入っている。

二月某日

毎年恒例になっている立川志の輔との旅行の日程が決まる。今回はベトナム、カンボジアだ。

過去幾多の国々に渡り見聞を広め、その国のためになる活動をしてきたものだ。中国に市場主義経済を根づかせたのは私だし、メキシコに行ったときは覆面を被り謎の日本人レスラーとしてメキシコマット界に登場し、ＣＭＬＬウェルター級チャンピオンになったのも旅のいい思い出だ。今回も有意義な旅になりそうな予感がする。

二月二五日

志の輔を引き連れ日本を後にする。飛行機の窓から見える富士山が、頑張れよ、と話しかけてくれているようだ。日本男児として恥ずかしくない行動をとることを朝日に誓う。

横を見ると志の輔はファーストクラスがうれしいのか座席の上をポンポン飛び跳ねたり、ベトナム国営航空のスチュワーデスをネーチャン呼ばわりして酒をつがせたり、お尻を触ったりしてひんしゅくをかっている。見かねたので、当て身を食らわせて眠らせると、よっぽど悔しかったのだろう、スチュワーデスさんたちが寄ってきて、マジックで志の輔の顔にメガネやヒゲをはじめ、バカとか死ねとか書いている。面白そうなので僕も彼の顔にホタルイカを書いてやると、その絵があまりに美しいのでクリスチャン・ラッセンと間違えられ、サインを求められて思わず苦笑い。到着寸前にカツを入れて起こしてやると他国に赴《おもむ》く不安のためか、志の輔は落書き顔のまま、ブルブル震えている。私がしっかりしなければいけないことを痛感する。

飛行機を降りようとすると、いちばん美しいスチュワーデスが寄ってきてメモ用紙を渡された。チラッと見ると電話番号とホテルのルームナンバーが書いてある。まったく、俺って男ときたら……火傷《やけど》するぜ。低温火傷だけどな。昼にホーチミン市到着。

二月二十六日

朝起きて、ホテルのレストランでベトナムコーヒーを飲みながら新聞を広げていると、どこかで見たことのあるひとが一面トップで報道されている。誰だろうとよく見たら自分自身だ。もう知られてしまったようだ。ホテルを出ると私をひと目見ようと市民が群がり、警備の警察官もでている。ホーチミン市民の歓迎を受けながら、市内を視察すると黒い車を路地の片隅に追いやられて、恨めしそうにこっちを見ている一団がいる。よく見たらロシアの外務大臣だ。まあ来た日が悪かったな。

午後食事中に日本語で話しかけられて、感心なベトナム人がいるものだと思ったら、静岡の団体旅行者だった。躍進する静岡を感じる。志の輔はまわりに富山のひとがいないかと一生懸命探していたが、そのうちあきらめたのか、「暖かい所には、どこでも出没するなあ静岡県民は」と捨てぜりふを吐き、次の旅行はシベリアにしようかなとブツブツ言っている。

飛行機に乗り、隣国カンボジアに行く。わずか四五分後の一四時一〇分カンボジア・プノンペン到着。長く続いた内戦があった場所とは思えない、平和な風景が広がっている。人口よりも多くの地雷が埋まっている、とガイドから説明を受けるが、なんだか信じられない。

プノンペンの市内観光が済み、みやげなどを買っていると志の輔は足下をキョロキョロ気にしながら、涙目になって歩いている。そういえばカンボジアにはいってから足下ばかり見ている。聞くと「地雷が怖い」と言ってまた下ばかり見ている。市内は大丈夫だと諭《さと》しても首を横に振り、「お前、先に行け」と言いながら私の足跡の上を歩いている。バカなんだからもう。

二月二七日

アンコール・ワット視察。ガイドさんは「ここはフランス人の探検家が発見したということになっていますが、この土地のひとは皆、昔から知っていましたよ」と言う。確かにこんなに大規模な遺跡を地元の人が気がつかないわけがない、ずるいぞフランス。

アンコール・トム、アンコール・ワットの遺跡を見て回る。その規模や、レリーフのすばらしさに目を奪われるが、ところどころで手投げ弾の痕などを発見。このような素晴らしい、人類の宝とも言えるような遺跡でも、弾丸が飛び交っていたのかと思うと、戦争の愚かさをもう一度、考えさせられた。

午後になり志の輔が日本食が食べたいと泣くので、平成レストランという日本レストランに行ってざるそばを食べる。旨い。

二月二八日

ホーチミン市に戻ってメコン川クルーズ。二メートルの巨大ナマズを釣り上げる。メコン川の主《ぬし》なのだろう、口元には何十本という針が引っかかっている。一本ずつ取ってやり、キャッチアンドリリース。お礼を言うように何度も振り返りつつ川の中へと戻っていく。

その後は釣る気にもならず、餌をつけずに糸だけたらして時間を過ごす。志の輔に当たりがあったらしく横でキャーキャー言っている。しばらくして静かになったと思ったら、すぐ横にいてドジョウ二匹を両手に持って、数で勝ったと、ドジョウを私の目の前に突きだしてくる。ドジョウが暴れてはねる水滴が顔にかかってうっとうしい。帰りの時間となり小さいドジョウなので当然川に帰すのだろうと思っていたら、ポケットに仕舞っている。オイオイどうするんだ？

三月一日

夜、よそ見をしているうちに、悪いシクロ（自転車の人力車）の親父に志の輔が騙され連れて行かれた。通りに目をやると、雑踏のなかで猿ぐつわを嚙まされた志の輔が見え隠れしている。急いで追いかけたが土地勘がないので、路地などに入られたら探しようがない。とうとう見失ってしまったかと思った瞬間、足下に富山名産ホタルイカが落ちているではないか。機転をきかせて志の輔が落として行ったものだろう。ホタルイカを頼りに追いかけるがいくつか路地を曲がったところでホタルイカが切れたのだろう、昨日のドジョウが落ちている。ちゃんと役に立っているぞ。しかしドジョウは二匹、その後はどうするんだろう。すると、ドジョウの後には立山の雷鳥の死骸が落ちているではないか。どこで手に入れたんだ？　特別天然記念物なんじゃないのかー。

ようやくアジトを見つけだして単身、潜入。大国アメリカをも打ち負かした勇猛果敢なベトナム人相手に大立ち回り。全員をやっつけ今後悪さをしないように諭すと、ボス、ボスと言って慕ってくる。人間話せばわかるのだ。二〇〇台余の家来になったシクロを従えホテルに凱旋《がいせん》。志の輔はと見ると、いい気になって「女を世話しろ」とシクロの親父の頭を蹴っている。「やめろ」と言っても聞かない。まったく。

三月二日

ホーチミン市を散策。「今日が最後のベトナムだなあ」と話しかけると、志の輔は「うん」とうなずいたまま嗚咽《おえつ》。カワイイところもあるなあと思ってなぐさめようと「明日から日本食が食べられるぞ」と言うと、「あっそうか」とケロッとして、寄ってきた絵はがき売りの子どもを「ウロチョロすんな馬鹿」と言いながら蹴ちらしている。どんな神経しているんだよ。

三月三日

帰国。魚河岸《うおがし》に直行して寿司を食う。やっぱり和食だ。かたっぱしから頼んで日本酒をやったりとったりしていると突然、志の輔がフッと自虐的な笑いを浮かべ「また明日から仕事だな」と言い、疲れ切った体を起こし、持っていた養命酒を口のなかに放りこんだ。

一年に一度の楽しみにしていた僕たちの旅は終わってしまったのだ。店のテレビからは「笑っていいとも!」のテーマが流れている……。

実録・石和《いさわ》ざぶとん亭

六月二八日

明日は、「石和ざぶとん亭」の第四回の会に出演するために、山梨県の石和へ行く日だ。

仕事を通じて知り合った石和に住む馬場さんと宮沢さんたちによる「石和ざぶとん亭」は、始めのうちこそ出演者二名程の小さな地域寄席だったが、急速に出演者がゴージャスになり、前回は志の輔・昇太二人会、今年にいたっては、立川志の輔に春風亭昇太、若手注目株の（まあ、落語の場合五〇代になっても若手なんだけど）林家たい平、そしてゲストに高田文夫先生と、都内でこれだけのメンバーなら、ちょっとしたホールでもチケットが即日完売しそうな、豪華な会になっている。

実際、チラシなどを見たひとから、

「出演者の皆さんは、主催者になにか弱みでも握られているんですか」

と聞かれた程だ。僕自身、こんな地域寄席見たことないし、来年はいったいどんなメンバーになるのか恐ろしい。

まあ、芸人が喜んででかける仕事にはふたつのパターンがあって、ひとつはギャラがすごく高いところ、そしてもうひとつは、会のお世話をしてくれるひとたちがいいひとの場合。この会は後者のほうだろうか。他の全国で行われる地域寄席も、そういった、いいひとに支えられているのだ。

それにしても、豪華すぎるぞ。

六月二九日

着物をバッグに詰めこんで、集合場所の新宿駅に行くと、高田先生はすでにホームに立ってタバコをふかしている。江戸っ子だから、集合でもなんでも早い。志の輔さんは急遽《きゆうきよ》、富山帰りの羽田空港から車で行くことになっていた。〈あずさ〉に乗りこみ、横の席のたい平君とくだらない話をしていたら石和に到着した。案外近いのである。

会場になっている、石和サティのなかにあるホールにはいり、高座のセッティングなどをしていると、車で到着した志の輔さんがニヤニヤ笑いながら会場にはいってきて、

「高座がもっと高い方がいいなあ」などと呟《つぶや》きながらテキパキと働きだした。もうすぐ七月になろうとしているのに、妙に厚着なところが富山県帰りらしくていいのだが、顔は汗ダクだ。「服を脱げばいいだろ」と忠告してやろうと思ったが、見ていて面白いのでやめた。

開場の時間はすぐにやってきて客入れがはじまったが、顔を見ていると、案の定、東京からのお客さんが多い。東京でやればよかったかな？

狭い会場はすぐにいっぱいになり、高田先生とのトークから始まって、たい平君から順番に落語が始まった。回を重ねているせいか、よく笑ってくれて気持ちよく高座を勤められる。

会が終了すると、馬場さんの家に場所を移して打ち上げだ。これがまた楽しくて前回などはマグロ一匹をさばいてもらって大宴会となったが、今回もまた関係者が集まってリッチな宴会で盛り上がる。

志の輔さんは一足先に車で帰り、たい平君が庭で水撒き用のホースの水を傘で受けながら「台風中継」の余興をやってゲラゲラ笑っていると、NHKで神戸須磨区の小学生殺人事件犯人逮捕の続報が入る。次々と新情報が発表され、犯人が中学生であることが報道されると、悲鳴に似たどよめきが上がり急に酒がまずくなる。日本はなぜこんな国になってしまったのだろう。みんな落語聞いて一回休め！

ホテルに移動して飲み直す。

六月三〇日

夕べのお酒で垂れ下がったまぶたのまま、おいしいお蕎麦などを食べさせてもらい、高田先生が列車で帰った後も、僕とたい平君は残ってワインなんか飲んでから、最終の〈あずさ〉でビールを飲みながら楽しく帰京。

部屋に帰ってテレビをつけると、どの局も須磨区の事件だらけだ。

飢えも戦争もないのに何が不満なんだよ、甘えてんじゃねーよ。落語聞いて、ふりだしに戻れ。

隣の人生

数年前の夏、毎年恒例になっている立川志の輔さんとの海外旅行の行き先がメキシコと決まったのだが、メキシコやその他のいわゆる、ラテンアメリカと呼ばれる国々の名前を聞くと、僕はなんとなくしょっぱい気持ちになってしまい、学生時代のあの日のことを思い出すのだ。

あれは僕が大学の一年生のころだった。各サークルの勧誘が盛んななか、僕も入部するクラブを探していた。中学のころブラスバンド部にはいって音楽の才能のないのを知り、高校でソフトボールをやって運動神経がないのを確認していたので、なにか自分に合った、のんきなサークルがあったらいいなと思いながら勧誘のパンフレットを見ていたのだが、そんな僕の目に飛びこんできたのが、ラテンアメリカ研究会というサークルの名前だった。

パンフレットではなにを研究すればいいのかよくわからなかったが、マヤやアステカの遺跡の資料でも集めるのだろうか、コンパではタコスかなんかで盛り上がったりするのだろうか。メキシコの異常にスタイルのいいお姉ちゃんの留学生と交流会かなにかで会って、恋に落ちちゃったりして。なんか平和な大学生活が送れそうだ。よし、楽しく、陽気に、ラテンアメリカ研究会だと、想像ばかり大きくして部室にむかった。

部室はキャンパスの外れにあり、左翼系サークルの独特な文字で書かれた立て看板などが、いやが上にも大学にはいったのだと実感させてくれる。さあこのなかに僕の四年間を楽しくさせてくれるはずの、あのクラブがあるのだ。ひとり暮しも始まり、環境が変わってちょっとハイになっていた僕は、小走りに部室を探しはじめたが、拍子抜けするくらいすぐにラテンアメリカ研究会の部室は見つかった。わかりやすいように、ドアの真ん中にどーんと南アメリカの絵が描いてあったからだ。

ドアの向こうに素晴らしいキャンパスライフが待っているのだとノックをすると、何の返事もない……えっ、おかしい。この膨《ふく》らみきった想いをどうしてくれるんだーとドアの前をウロウロしていると、隣の部室のドアがスーッと開いて「君、今そこのひとは留守だから来るまでこっちで休んで行かない」と言ってくれた。

この大学生の人は、なんてやさしいのだろうかと、田舎から出てきたばかりの僕は感激しながら寄席文字で黒々と落語研究部と書かれたドアのなかにはいったのだが、その何気ない行動がその後の自分の人生を左右するとは考えてもいなかった。

部室にはいると畳敷きになっていて、奥に置いてある長火鉢からはほのかに灰の香りが漂ってくるではないか。こうなると僕の頭のなかにはメキシコ美人はどこかに消えて、和服の大和撫子《やまとなでしこ》が、凜として座っている。そして、その親切な部室の人たちの会話の面白さに、とうとう僕は落研の部室からでられなくなったばかりか、その世界からもでられなくなってしまい、こんな仕事に就くことと相なった。

あれから一六年。なんとなく気になっていたその国に立川志の輔さんとふたりで行ってきた。

旅行中、昼間からテキーラ飲んでプロレスを見たり遺跡に登ったり、カリブ海で泳いだりと、最高に楽しい夏休みになったのだが、メキシコから帰る飛行機のなかで、あのときラテンアメリカ研究会の部室にひとがいたら、とっくに旅をしていた国だろうけど落語家にはなっていないだろうし、もし落語家でなかったら、今回の旅はできなかったんだよなぁ……などと想いを巡らすと、不思議な気持ちになってしまった。

あのときラテンアメリカ研究会の部室にひとがいたら、僕の人生はどうなっていたのだろうか。うーん、想像がつかない。

台湾棒球見学隊

　朝の六時三〇分。眠い目をこすりながら、人気《ひとけ》の少ない羽田空港のベンチに座って、皆の来るのを待つ。少し早く着き過ぎてしまったが、これからのことを考えると腹も立たないし、前日のお酒が残っているのか胃が重たいのだが、旅行のことを考えると、これもあまり気にならない。少し肌寒いのも、かえって気持ちいいくらいだ。

　集合時間が近づいてくると、今回の旅行のメンバーである落語家の、林家たい平君、カメラマンの橘君、編集者の清水君、ライターの宮崎君達が、色々な方向から集合場所のカウンター前へ集まってきた。みんなニヤニヤ不敵な笑みを浮かべている。それぞれ、

「勝負だな」

「いやー、まいりましたねえ」

「グッズ買い占めてやりますよ」

などと意味不明の挨拶をかわし、

「まあ、とりあえず乾杯しますか」

誰かが言い出し、誰もが賛成して、朝から、開いたばかりのラウンジでビールを飲みながら、手にしている航空チケットを確認すると、少々たよりない赤い字でTAIPEIと印刷されている。そう、無駄に機嫌のいい僕達は、これから台湾に出発し、二泊三日で二試合、という強行軍で、まだ見ぬ台湾プロ野球リーグを観戦しようというのだ。写真でしか見たことのない、台湾プロ野球。なんだか面白そうだし、日本のプロ野球で活躍していた選手のプレーも楽しみである。

ジャンボジェット機一杯に、日本人観光客を詰め込んだ中華航空機は羽田を飛び立ち、機内食を食べたり出入国カードに記載したりしていると、横に座っているたい平君から、

「台湾の通貨って、何でしたっけ」

と言われ、とっさに何か面白いことでも言わなくちゃいけないと思いながらも、ビールでハイになっている頭で、

「ミョンだったかな」

と、我ながら、わけの解らないことを言い、

「ミョンって……何ですか、そりゃあ……ククク」

馬鹿にされながらも、あっという間にタイペイ空港に到着する。しかし、滑走路に降り立つ飛行機の窓には雨が滴《したた》っているではないか。今夜のナイターはどうなるんだー。

空港で円をミョンに替える。さっきまで馬鹿にしていたたいら平君も、

「円をミョンに替えると、金持ちになったみたいだなあ。八万ミョンもあるぞー」

と、すっかり元という単位が、どこかへ行ってしまっている。他のメンバーも、

「とりあえず、三万円だけ、ミョンに替えておきましたよ」

などと言い合い、タクシーに乗っても、

「二五〇ミョンでしたよ」

「安いねえ、二五〇ミョンなの」

と、結局この旅の最中は我々だけで通じる、ミョンという単位が出来上がってしまった。

ホテルについて荷物を下ろすとロビーに行き、プロ野球の球場や対戦カードなどの情報を聞くと、フロントの人達は、一様にうろたえ、そんなことなぜ聞くの、というような顔で、混乱しているではないか。

結局フロントの人で誰一人、台湾プロ野球の情報を知っている人はいなかった。野球通の橘君が旅行前に言っていた、台湾プロ野球は以前は人気があったのに、八百長事件や、新リーグ結成に伴う選手の引き抜き合戦などで、急速に人気がなくなっている、と

いう情報は本当のようだ。頑張れ台湾プロ野球。

情報は新聞で入手し、気を取り直して街に食事に出かける。

「ここの中華で、いいんじゃないですか」

と言うたい平君に、

「ここ、全体的に中華なんだよ」

と突っ込みを入れながら、適当に路地を抜けて店に入り、ビールを飲もうと思っても、メニューにビールらしい文字がない。お店の方にビールはないのかと尋ねると、外に出て行って、買って来てくれた。なんて親切なんだと感激しながら、

「この、何とか何とかってやつが、一番うまいなあ」

「いや、オレはこの、何とかってのが好きだな、覚えておこう」

などと言ってはみるのだが、片っ端から注文して、皆で回し食いしたので、今食べているものが何という名前の食べ物なのか、全然解らない。まあいい、台湾プロ野球は目の前だ。

味全ドラゴンズ vs 三商タイガース戦

タクシーに分乗して縣立新荘棒球場に向かう。降っていた雨も、すっかりあがって、

少し湿った空気が心地いい。午後の三時過ぎには、もう球場に到着だ。こんなに早く来たのにはわけがある。なにしろ落語家二名、編集者、ライター、カメラマン。せっかくのこのメンバー、仕事にしないのは、あまりにもったいない。本気で台湾プロ野球本を出す気でいたし、ダメでもともとで、取材させてもらおう、ということになったのだ。

「いきなり行って、取材させてくれるかなあ」

と心配していると、橘君は、

「大丈夫ですよ、きっと」

自分に、言い聞かすように呟く。

「そうだな。清水君の名刺と、宮崎君のもっともらしい取材ノートに、橘君のカメラがあれば、ちゃんとした取材班に見えるよな」

後ろで、たい平君がウン、ウン、と深く頷いているが、橘君はカメラを抱えながら、

「どうでもいいから、それを隠して下さいよ。そんな取材班いないです」

と僕らが持っているコンビニ袋を顎《あご》で指した。袋の中からは、さっき買ったばかりの缶ビールとつまみが顔を出している。

「それ、完璧に野球観戦のオヤジです」

すでに、作戦にほころびが生じているインチキ取材班は、ビールの入った袋を上着で隠しつつ、恐る恐る関係者受付に進んでいく。

旅行関係の仕事が多く、場馴れしているライターの宮崎君が交渉役になって、話を進めると、球場の受付のお兄ちゃんは、不審そうな目でこちらを見ながら、上司らしき人を呼んで来て、相談している。僕と、たい平君はビールを隠す精一杯の努力のため、かえって体勢が、ぎこちない。

しかし、交渉から五分程で、最初の緊張が馬鹿みたいにあっけなく取材OKとなり、プレスカードを入手。「日本から来た」ということで大目に見てくれたのかもしれないが、とにかく、言われた通りに球場の中を進むと、味全側のベンチに出た。

普段見ている野球場の視点と違い、ベンチから見るグラウンドは、とても広く感じられ、なんとも言えない嬉しさと興奮で、みんな早足になりながら、

「オーッ、いいのかなあ」

などと言い合いながら、台湾人選手やドミニカ人選手がお弁当を食べている味全ベンチをパスして、三商ベンチへ向かった。

そして、受付で取材をお願いしていた連絡が入っていたのだろう、三商タイガースのベンチから出て来てくれた人は、中日やジャイアンツで活躍していた、名捕手・中尾孝義さんだ。

「うわー。中尾さんだあー」

完全に野球小僧と化している僕達を、笑顔で迎えてくれた中尾さんは、現在、日本を

離れ、三商の監督として活躍しているのだ。

練習前の貴重な時間を拝借して、野球のことを伺《うかが》ったり、写真を撮らせて頂き、最後に中尾さんに、

「応援してますので試合、頑張って下さい」

と言うと、中尾さんは、

「うちのチーム弱いよ」

と言って、笑いながらグラウンドに入っていった。

橘君が、他の選手や球場の様子を写真に収めている間、溢れる笑みを隠せないままに、練習の様子を眺めていた。横のたい平君に目をやった。持っている袋から、ビールとつまみが完全に見えているぞー。

取材が終わり、三商側のスタンドに腰かけて、乾杯。少しぬるくなってしまったビールも、緊張感から解放されたことといよいよ台湾プロ野球を観戦出来る喜びで、とても美味《おい》しく感じる。そして何よりびっくりしたのは、ためしに買ってみた、球場の弁当の旨いこと。とても五〇ミョンとは思えない旨さだ。そして、もうひとつびっくりしたのは、スタンドの観客の少なさだ。お客の数より、飛んでいるコウモリの数の方が圧倒的に多いだろう。それでも、試合が始まると、ベンチの上に陣取った三商応援団が打鳴ら

すドロドロという太鼓の音が、薄暗くなった空に心地よく響きわたり、なぜか懐かしい気持ちにさせてくれる。

観客が少ないから、応援はさぞ寂しいものになるのかと思ったら、応援団の人達が、何か配っている。僕達も受け取ると、ちょうど舞扇程の大きさの、応援用ハリセンだ。応援団の人達は、日本から来た僕達に、ハリセンを叩いて応援するようにと、自らハリセンで座席の前の手すりを叩いて、バシバシ音を立ててみせてくれる。ためしに叩いてみると、案外大きな音がして、なんだか意気が上がってくる。ビールをグイグイ飲みながら、ハリセンを太鼓にあわせて叩いているうちに、三商の先攻でのプレイボールだ。

先頭打者がボテボテのサードゴロ、ダメだと思った途端、ダメだったのは相手チームの守備で、サードの選手が前にポロリ。慌《あわ》ててボールを拾い直して投げた球が、とんでもない方向で、ファーストの選手が後ろにそらしてしまい、ライトのバックアップがあるのかと思ったら、いきなりのことで心の準備が出来ていなかったようで、ボンヤリしている。打った選手もびっくりしながら、走ってサードまで。いきなりチャンスだ。ハリセンを叩く腕に力が入る。二番バッターは内野フライで、アウト。しかし、さすがの三番バッターは、内野ゴロにして、ランナーが生還。一点先取だ。さあ、四番バッター続いてくれーっ。応援団ハリセンの後押しを受けて、三振。……おおらかだー。

その後、お互いに、おおらかな攻防が続いて、三対二。三商のリードで最終回だ。

リリーフに外国人ピッチャーの「魔力」が登場。たぶん「マーク」とか言うのだろう。こいつが、顔もフォームも大リーガーみたいで、カッコイイ。ボロボロになった紙製のハリセンを叩いて応援すると、ポンポンとリズムよく、キャッチャーのミット目がけて投げ込んで、これまたポンポンリズムよく打たれまくる。あっという間に同点にされ、心配する間もなくヒットが続く。……アレッ。声援もむなしく、最終回に逆転負けだ。

「うちのチーム弱いよ」と言う監督の言葉に嘘はない。

まあピッチャーが打たれるたびに出てくる、スワローズのエースだった高野光ピッチングコーチも見れたから良しとしよう。しかし……「魔力」よ……。

夜、清水君の台湾の友人、邱《きゅう》さんと食事をした。野球を見に来た話をすると、

「信じられないよー。台湾人だって、見に行かないよー、明日は野球やめなよ」

と言われて、

「野球が好きだから、見にきたんだよ」

と伝えると、

「じゃあ、アメリカ大リーグ、見に行けばいいでしょ」

と言い返された。まあ、たしかに、そうなんだけどね。店を出ても、

「明日は他のところに行った方が、絶対にいいよ」

本当に人気ないぞ。大丈夫か台湾プロ野球。

と諭《さと》される。

中織金剛VS年代勇士戦

昼間は、清水君の友人の邱さんに加えて、陳《ちん》さんも案内をしてくれた。陳さんは、台湾に観光で訪れた日本人なら、必ず行っているであろう、故宮博物院に勤めているのだ。当然、故宮博物院へ行って、中の展示物を見たのだが、その膨大な量たるや、ゆっくり見たら一日かけてもダメだろうが、なにしろ目的は野球だから、二時間ほどのダッシュ見学。世界的文化遺産よ、スマン。

「やめなよー、美味しい餃子《ギョーザ》を食べに行こうよ」

と言う忠告の声を背中に受けながら、友達の絆が断ち切れない清水君を残して電車に乗り、二時間半かけて台中へ行く。

台中駅のホームに降りると、台北とは明らかに違う気温と湿気を含んだ空気が、移動して来た距離を感じさせてくれる。街路樹の木々にも南国の風情《ふぜい》が感じられて、海外旅行中のウキウキした気分が湧いてくる。

繁華街を抜けると、球場らしき建物が見えるので、周りの店をのぞきながら徒歩で球場に向かうが、初めて歩く道の悲しさで、球場が近くなったり遠のいたりをくり返し、途中で道を尋ねた自転車の子供の先導で、何とか球場の正門に辿り着く。

プレイボールまで僅かの時間しかないのを確認すると、橘君の足が急に速くなり、

「早く行かないと、渡辺に会えなくなりますよ。下手すると……」

うつろに呟《つぶや》いている。

きょうは、昨夜とは別のリーグになる、台湾大連盟の中纖金剛と年代勇士の試合なのだが、この年代勇士というチームには、西武ライオンズのエースとして活躍していた、渡辺久信がピッチングコーチ兼投手として入団しているのである。今夜が投球日であれば問題ないが、そうでない確率の方が高い。そうなれば、会って写真やサインを貰おうとしたら、今夜投げるピッチャーのコーチとして、ブルペンで指導しているプレイボール前に行かなくてはならないのだ。

台中棒球場の入場口に並んでいるグッズ売り場に寄ってサイン用のボールを買い込み、チケット売り場でチケットを購入して球場入りする。

入ると、目の前は金剛応援団だ。グラウンドの反対側に年代のブルペンがあり、ピッチャーの横に立っている渡辺久信が小さく見える。

「あっ、反対側だ」

カメラを持って、橘君は年代側のブルペンを目指して足を速める。僕もすぐについて

行こうとするのだが、普段の運動不足の足は、たっぷり食べ過ぎた中華料理のせいもあって、なかなか前に進まないし、スタンドの階段のアップダウンに加えて、台中の温度と湿度で汗が吹き出してくる。しかし、早く行かなくてはサインがー。

もどかしい思いをしながらも、なんとか年代のブルペンにセーフ。目の前には渡辺久信だ。フェンスにしがみつきながら、

「渡辺さん、僕達、日本から来たんです」

橘君が声をかけると、ちょっと待っててね、って感じで右手をスッと挙げる。何だかカッコイイぞ。

今夜、先発の投手に、話し掛けて一段落ついたのか、フェンスにしがみついたままの僕達のところに来てくれた。

「日本人が来てくれると、嬉しいですよ。やっぱり」

そう言って、差し出すボールに次つぎとサインをしてくれる。僕も年代のマスコットが印刷されたボールを渡すと、

「台湾は、どうですか」

と、話しかけてくれる。さわやかだぞ渡辺。

「食べ物が美味しくて、いいですねえ」

僕が答えると、すかさず、

「食べ物以外にも、楽しいお店、沢山《たくさん》ありますよ。……どういう意味でだ」

そう言って、笑っている……きっと台湾でも、モテているんだろう。くやしいぞ渡辺。

「じゃあ、どうも」

ベンチに戻って行く渡辺の、背番号41が、眩《まぶ》しいくらいだ。試合中も、投手交代などでマウンドに出てくる姿が、颯爽《さっそう》としてかっこ良く、コーチとして指導をし、投げてはチームの勝ち頭。やはり男は、自信で磨かれるのだということを実感した。

興奮覚めやらぬまま、スタンドの、団というにはいささか寂しい数の応援団の後ろに腰を下ろすと、日本人か？　と聞かれ、渡辺のいる年代を応援に日本から来たのだ、と答えると、応援団の人達は、親指をたてて、よしよし、という顔をする。チームカラーであるグリーンの、応援用メガホンを貸してくれて、これを叩きながら応援だ。

太鼓にあわせて、大声で応援するのだが、なにしろ中国語でよく解らない。仕方がないので、適当に真似《まね》しながら声を出している僕達の、インチキ中国語が滅茶苦茶すぎて、面白いのだろう、みんなが笑顔でこっちを振返る。調子に乗って、たい平君が、年代のバッターがヒットを打った時、覚え立ての中国語で、

「ハオツー（おいしい）」

と叫んだら、前に座っていた、子供連れの可愛いお母さんに、バカウケだ。

同じチームを応援している一体感も手伝ってか、皆さんとても親切で、売り子のオバ

サンの言葉を通訳してくれたり、年代の現在の順位を教えてくれたりして、とても居心地がいい。ときおり吹いてくる涼しい風に吹かれながら、ビールや球場の冷やし中華を食べ食べ試合を見ていたのだが、帰りの列車の関係で、試合途中で帰らなければならない時間になってしまった。

席を立とうとすると、前に座っていたおじさんが、まだ居ろ、と言ってくれている。列車の時間があるから、と腕時計を指すと、明日も来いと言っている。明日はもう日本だからと言うと、応援団のおじさんは「わかった」というような顔をして、僕達に、応援団の人が着ている「年代勇士隊」と書かれたハッピをおみやげに手渡してくれた。グッズ売り場で売っているようなものではない。応援団用に作った、貴重なものだろう。ありがたくハッピを頂き、スタンドの階段を降りると、応援団の人が「バイバイ」と言いながら、皆で手を振ってくれている。僕らも「バイバイ」と手を振りながら、下の通路まで来た時、あまりに嬉しくて、スタンドに向き直り、四人でお辞儀をすると、一段と大きな拍手で送ってくれた。突然起こった大きな拍手に球場内の選手も何事かとこちらを見て不思議そうな顔をしている。

子供達の「バイバイ」と言う声を聞きながら「来年も来ましょうね……」

誰かが、そう言った。

翌日、飛行機の時間まで、清水君の台湾の友人の、陳さんという白のワンピースが似合う奇麗な女性に、市内を案内してもらって、機嫌よく台湾プロ野球ツアーは終了した。

帰国してから一〇日後、楽しかった台湾の思い出が詰まったビデオや写真を整理していると、台湾大地震の一報が入ってくる。震源地は台中のすぐそばらしい。あの人懐っこくて親切な人たちに被害はなかったろうか。部屋に飾ってある年代のハッピを見ながら、心配になった。

★この後も、何度も台湾に行き、何度も台湾プロ野球を見た。年に二回見に行った年もあって、行くのを本当に楽しみにしていた。そして、その後は事前に球団側に申し込みをして取材もしていた。球場内や、ベンチにも入れて頂き、日本球界を離れて台湾で活躍していた日本人選手ともお会いした。
台湾プロ野球は、いつ行ってもガラガラで、すぐにチケットが取れて、おおらかで親切だった。そして人気も少しずつ出てきて、台北の人気チーム「兄弟エレファンツ」を観に行った時、球場が満員で入場が出来ず、なんとかチケットを手に入れてギリギリ入場した年から、みんなとのスケジュールも合わなくなったりして、台湾棒球見学隊は解散となった。

人気のあったその後の台湾プロ野球は、野球賭博事件を度々おこして、人気が低迷。給料面でも苦しいようで、日本人選手も減少している。

もともと台湾は野球人気があって、台湾の五百元札には野球少年達がジャンプして喜びを一杯に表している姿が描かれている。これは、アメリカ、日本を下して優勝した少年野球チームの絵なのだが、お札にするほど誇りに思っているということだろう。

台湾旅行は良い思い出ばかりで、大好きな国だ。日本に来た海外旅行者で、台湾から来たと聞いたら、なるべく親切にしている。きっと今行ったら球場ではすぐにチケットが手に入るだろうから、また行ってみようかな。

キューバの旅

行き先は、すんなり決まった。毎年恒例になっている、立川志の輔さんとの二人旅の行き先である。

六年前から、僕が志の輔さんの旅行に参加させてもらう形で始まったこの旅は、体力があるうちに、なるべく話のネタにもなりそうなハードな国に行っておこう、というコンセプトで、中国、メキシコ、ベトナム・カンボジア、ラスベガス、バリなどの地域を廻《まわ》ってきたのだが、今回は二人のスケジュールが上手《うま》い具合に合って、比較的長い休みが取れそうなこともあり、映画『ブエナ・ビスタ・ソシアル・クラブ』のヒットで静かなブームとなっている（静かなものをブームと言っていいのか、という問題はさておき）、地球の裏側キューバに決まった。志の輔さんから「キューバはどうだろう」と言われた時、ラテン好きの僕は、待ってましたとばかりに「やっぱり、今の旬はキューバでしょ」と即答していたのだが、それには少しだけ僕なりの理由があった。

まずは、そのキューバという国名だ。「キューバ」、なんて魅惑的な響きだろう。せっかく落語家二人の旅だ。「今回は何処《どこ》に行ったの」「フランス」なんて言っても、なにを気取ってんだと思われるだけだが「キューバ」とくれば、みやげ話のひとつも聞きたくなるというものだ。世界最強のキューバ野球も観戦出来るに違いないし、なにより日本からの直行便がまだないキューバに行くには、今まで行った国の中で一番好きだった、メキシコを経由しなければ入れないのである。メキシコに行けば、サッカーのメキシカンリーグ、野球、プロレスと好きなスポーツがめじろ押しだ。そして僕のそんな理由とは裏腹に、志の輔さんはというと、ソビエトや北朝鮮といった社会主義国を巡り、色々な経験をしたことから、キューバが社会主義国であることが、行き先決定の理由になったようだ。知的な落語家ぶりをここでも発揮していて、ちょっと憎たらしい。

体を馴《な》れさせておこうと、ラムやテキーラを飲みながら出発の日を指折り数えていたら、志の輔さんから朗報が入った。メキシコ日航ホテルの社長と知り合いの志の輔さんが、たまたま日本に帰国していた社長に、キューバ行きの話を告げると、せっかくメキシコ経由なのだから、メキシコで落語を演《や》らないかという話になったというのだ。こんな時、顔の広い志の輔さんは本当に役に立つ。メキシコで落語も何だか楽しそうじゃないか……海外旅行のスーツケースに着物を入れて、成田から飛行機に乗り込んだ。

機内では、喫煙者の志の輔さんは本当に辛そうだ。これから経由地のロサンゼルスまで約一〇時間、アメやアルコールでごまかしながら過ごさなくてはならないので、自然と顔が険しくなってくるのだが、突然、志の輔さんが今まで付けていたヘッドホンを外しながら、肘《ひじ》で僕に合図を送ってきた。

「ホラー、聞いちゃったよー」

と機内放送の番組案内を指差している。見ると機内放送の落語の番組表に「落語・春風亭昇太　ちりとてちん」と書かれている。険しかった顔はタバコのせいなのか、僕の落語のせいなのか。どっちなんだ、志の輔。

トランジットを含めて一五時間程でメキシコに到着した。飛行機を降りるたびにタバコを吸う志の輔さんの顔が幸せそうだが、しかし、煙を肺に送り込んで、何が嬉しいのだろうか。そんな習慣のない僕はどうも腑《ふ》に落ちないので、そのことを志の輔さんに尋ねるのだが、

「あんたには解らないよ」

の一点張り。どうやら本人も解っていないようだ……まずは灰皿のあるメキシコのホテルで一泊。

朝食を済ませて、いよいよメキシコからキューバに向かう。志の輔さんは「社会主義

国だからなあ」を連発しながら、スチュワーデスにやたらとお酒を注文していて、なにやら彼なりに興奮しているようだ。

快晴のハバナ空港に降りる。窓から見える景色はとても牧歌的で、日本の地方空港のような雰囲気があって、ホノボノとしている。機外に出ると、突き抜けるような日光と、カラッとした空気が心地いい。軍人が担当しているという、やたらと長い入国審査を終えて、待ち構えていたコーディネーターの是永《これなが》さんのベンツに乗り込んでハバナ市内に向かった。

視界を遮《さえぎ》る障害物のない道路を走るのは、本当に気持ちがよく、行き交う車も、革命前まで国交のあったアメリカのシボレーやクライスラー、ポーランド製のフィアット、日本の軽自動車も走っていて、うわさ通りのバラバラさ加減が車好きの僕にはたまらない。

「凄いのが走ってますねえ」

「もっと凄いのも走ってますよ。自作の車も走ってますから」

「自作の車なんて走ってるんですか、恐いですねえ」

「車検がないですからねえ……我々外国人には車検があるんですけどね」

そうか外国人には厳しいんだ、と思いながら、ふと運転席を見ると、走っているのにスピードメーターがゼロを指したまま作動していない。

「スピードメーター、動いてないですね」

と聞くと、

「そうなんですよ、不便ですねえー」

と何気なく答えている。車検はあるって言ってるくせに、ラテンだなぁ……。

それにしても一九六〇年代のフォードやクライスラーは、根気よく直し直し乗っている感じが車の風格になっていて、実にカッコイイ。走行中、クライスラーに乗ったドライバーと目が合ったので「この車は、すごくイイ」ってことを、顔や手ぶりで伝えると、直ぐに解ったらしく「そうだろう」という顔をして窓から手を出し、車のボディをバンバン叩いてニコニコだ。カメラで撮っていいかと合図をすると、もちろんとばかりに、車に乗っていた男性四人が全員でカメラに向かってポーズを取ってくれるのだが、ドライバーだけは前見て運転しろっつーの。ポーズが終わると親指を立てて、それじゃあ、とばかりにスピードを上げて走り去る。カッコイイぞキューバ人。

街には、密航中母親が死んでしまって、キューバの父親の元に返せという、この時期にアメリカとの外交問題にまで発展した、エリアン君のポスターがいっぱいだ。彼の顔写真の下にはデカデカと「エリアン君、帰ってこい」と書かれているそうだが、キューバに貼ってあっても、意味ないんじゃないかなあ、アメリカに貼らなきゃ、なんて思いながら、オープンカフェでビールで乾杯。暑いのに日陰に入ると、とても涼しくて、あっちこっち動くのが、馬鹿馬鹿しくなって来て、のんびりビールのお代わりをしていると、楽器をかかえた男の人がニコニコ集まってきて、いきなり演奏がはじまった。ただでさえ呑気な気持ちになっているのに、なんともいえない楽な感じの演奏が、さらに呑気な気持ちにさせてくれる。六人編成のバンドなのだが、揃いの青いシャツを着た人達以外に、一人だけ白いシャツを着たオジサンが混じっている。カウベルとシンバルを担当しているが、明らかに下手だ。間違えないように一生懸命リズムを刻む、確実に人数合わせのオジサンを見ているだけでも、楽しい。何曲か演奏しているうちに、得意な曲も尽きたのだろう、オジサンの間違いも多くなってきてメンバーに注意されたりするうち、志の輔さんも音楽に乗って踊り出し、キューバの昼下がりはホノボノと平和な空気に包まれるのだった。

キューバ二日目は、カリブ海を見に行こうということになった。途中ドライブインに寄り、ビールを飲んだり、椰子《やし》の実をモサモサ食べたりしていると、楽器を持ったオジサン達が集まってくる。あれあれ、と思っていると演奏が始まった。お客は僕らしかいないので、ノッてないと申し訳ない。僕もチョット踊ってたりして、また海に向かう。車で一時間程走ると、爽《さわ》やかな潮の香りが漂うレストランに到着した。一旦《いったん》中に入ってオープンスペースに出ると、目の前に一面のカリブ海が飛び込んで来る。「ああ、これをエメラルドグリーンと呼ぶのか」と思わせる、写真に出てくるような海に、小魚を追う漁師の小舟が浮かび、視界の上を黒い影が通り過ぎたかと思って見上げると、海に向かうペリカンだ。白い帆を張ったヨットも浮かんでいる。志の輔さんはポケットに手を突っ込んで砂浜を歩いて行ったかと思うと、シャツを脱いで短パンのまま海にザブザブ入って行く。お前は中村雅俊か。

環境ビデオみたいな景色を見ながら、白ワインにパスタは、自分で食べてても、何スカしてんだという感じだ。波の音を聞きながら海に見とれていると、楽器を持ったオジサン達が集まって来た……オイ。もお、いいっつーの。

夜はキューバのお笑いを視察しようということで、メジャー劇場という一五〇〇人は入ろうという大劇場にコメディを観に行く。実はこの旅の予定表には「キューバのコメディアンと懇談」と書かれていたのだが、これは日本と地球の裏側のキューバとの連絡の中で、誤って伝わってしまった僕らの希望であって、もちろんこちらのコメディアンに逢っても、何を話していいのか解らない。彼等の舞台を観るだけ、ということで客席のまん中に座って、四人コントや酔った親父キャラのステージを観ていた。けっこう体制批判のようなものもあるらしく、観客は爆笑に次ぐ爆笑だ。始まりから度々《たびたび》登場するヒゲの司会者がマイクを摑《つか》んで喋り出したかと思うと、白い紙を出して何やら読み上げる、聞き馴れないスペイン語の中に「ハポン」という言葉が飛び出したかと思うと、

「セニョール、チノスケ・チョータ」

とコールされ、日本からコメディアンが来ている、と紹介されて、劇場は大きな拍手に包まれる。事情が飲み込めないまま、手を振って歓声に応え、司会者に手招きをされるまま舞台に上がると、改めて紹介されて、またまた大拍手だ。

ヒゲの司会者に頼まれて、志の輔さんは一生懸命に通訳のオジサンに生理用品の小咄《こばなし》を喋っている。一言訳すたびにドッカン、ドッカン笑いが起る。オチも言ってないのに何故ウケているのかが解らないが、とにかく凄い笑いの量だ。キューバのコメディアンも負けていられないから、一々突っ込んで来るので、小咄が全然前に進まず、さっきから同じところのくり返しだが、とにかく受けているのだ。業《ごう》を煮やした志の輔さんは「最後まで言わせてくれ」と通訳に言ってもらってから、

「おい、遊ぼうか」

「お金無いけど、何して、遊ぶ」

「じゃあ、オレ買い物してくる……」

「何、買ってきた」

「タンポン」

「そんなもので、なんで遊べるの」

「だって、書いてあるじゃないか、テニス、乗馬、水泳。これさえあれば、何でも出来

る……」

と珠玉の下ネタ小咄をオチまで喋ったが今度は受けない。さっきまで、一体何に反応していたのだろう。紹介が終わって席に戻ろうとすると、またもや暖かい拍手に変わり、手を振りながら通路を歩き、先ほど観たコントの中で、背の小さな人が「ボンサイ（盆栽）」と呼ばれて笑いを取っていたのを思い出し、自分を指差して「ハポン、ボンサイ」と叫ぶと客席のオバチャンが、そんなに笑わなくてもいいのに、というくらい、僕を指差して笑っている。何がウケて、何がダメなのか全然解らないぞ。

席に戻ると、コーディネーターさんが、慌てて志の輔さんに耳打ちした。

「キューバにタンポンないんです……」

劇場を後にすると、そのままトロピカーナという、キューバに来た観光客なら誰でも行くという野外ステージに直行。

スタイル抜群のオネイチャンたちが、次から次へと登場して、セクシーな衣装で踊りまくる。このステージはとにかく広いので、そんなに遠くで踊ったら見えないじゃないの、というくらい遠い場所でも踊ってくれている。ラムのコーラ割りをガンガン飲んで、奇麗な人達を観ていると、ここがいったい何処なのか解らなくなってきて、本当に夢心地だ。胸を申し訳程度に隠して踊る女性を見ながら、コーディネーターさんから「あの

人達も公務員なんですよ」と言われて、

「日本の公務員もこんな格好してほしいね」

と叫びながら、ますます夢心地だ。志の輔さんを見ると、トロンとした目をしている。僕も今あんな目をしているんだろうなあ……。

キューバといえばヘミングウェイ。二日酔いぎみの重い頭をかかえながら、ヘミングウェイの住居跡に行く。すっかり観光スポットになっている入り口では、用もないのに三、四人の人が立ち話をしている。とても仕事をしているとは思えないのだが、失業している風でもなく、なんとなくお喋りしている光景は、キューバの何処へ行っても目にする。

中に入ると、風通しの良い丘の上に白いゆったりとした住居がある。ヘミングウェイはここから毎日海へ通い、ラム酒を飲んじゃあ小説を書いてノーベル賞を貰ったかと思うと、羨ましすぎて腹が立ってくる。

志の輔さんは、東京から持って来た文庫本の『老人と海』を手に住居の前でカメラにポーズを取って御機嫌だ。写真撮影の後はヘミングウェイの家の窓から、中を覗いて見学。昔は観光客を中に入れていた時代があったらしいが、万年筆等の備品が盗まれてしまうので、入室禁止となったそうだ。おとなしく窓から頭を突っ込んでいると、連れて行ってくれた人が「早く入って」とあわただしく僕らをうながしながら、「一〇ドル渡したら、入ってイイって言われました」とそっと教えてくれた。ヘミングウェイ宅に入る僕らの背中から「写真も三枚だけならOK、って言ってますよ」という声が追いかけてくる。他の観光客が来たらマズイのだろう、管理人のオバチャンは写真がOKどころか、僕のカメラを取って、そっちに並べと指示を出してパチリとシャッターを押してくれる始末だ。志の輔さんは、ついでにヘミングウェイが使用していたソファに腰かけようとしたが、流石《さすが》の管理人のオバチャンも、管理人魂を発揮して志の輔さんを注意。後は鳥が追い立てられるように各部屋をバタバタと観て廻り、オバチャンに「グラシィアス」と挨拶をして退散。キューバの旅で一番せわしない時間だった。

広い敷地を散策していると、どこからともなく世界最小の鳥、蜂鳥《はちどり》がやってきて、器用に花の蜜をホバリング状態で吸っている……。今、なかなか見ることが出来ない光景らしく「運が良いですね」なんていわれながら蜂鳥をしばらく眺めていた。小指の先程の小さな体で花から花へと移る姿はとてもかわいらしく、火曜日にゴミ袋を突っ突いて、生ゴミを漁《あさ》って道行く人を威嚇《いかく》する、東京のカラスとはえらい違いだ。

車でヘミングウェイが通っていた漁村のレストランに行き、「漁師のスープ」を食べる。これが魚のダシがよく出ているスープに米が入っていて、汁沢山の雑炊《ぞうすい》みたいで本当にウマイ。例によってビールで乾杯していると、楽器を持ったオジサン達が集まってくる。あーっ、キューバのバンド人口って総人口の一〇パーセントぐらいあるんじゃないだろうか？

夜はコーディネーターの是永さんの家で食事をごちそうになった。是永さんは、キューバ人と結婚してこちらに住んでいる日本女性で、キューバの食事は飽きたでしょうからと、美味しいお刺身に、お茶漬けやオニギリを出してくれて、キューバの話等を伺いながら時間を過ごすのだが、僕は気掛かりで仕方ない。なにしろ今夜はキューバ野球を見に行く日なのだ。志の輔さんは野球よりもキューバ事情の方に興味があるらしく、是永さんに次々と質問をしているうちに、息子さんと、そのお嫁さんまで登場して、話が盛り上がってくる。キューバ野球は大丈夫なのかと、時間を確認すると八時三〇分からだと言う。まあ、全部見ないとしても、もう八時を過ぎているのだ。さすがに八時三〇分を過ぎて九時前になった頃、

「そろそろ、出かけた方がいいんじゃないですか」

と催促すると、

「ああ、そうですね」

って感じで、出かけることになった。車で三〇分程行くと、前方にスタジアムの明かりが見えてくる。いよいよ台湾に引き続き、キューバ野球だ。

車を降りると、スタジアムの入り口には誰もいない。是永さんが中に入って出てきたかと思うと、非常に慌てた様子で、

「急いで入って下さい」

ええっ。それって、なんなの、と思いながらも、とにかくダッシュだ。

「チケットはいいんですか」とスタジアムの通路を走りながら是永さんに聞くと、是永さんも息を弾ませながら、

「もうすぐ終わりだから、要《い》らないって言ってますー」

ええーっ。終わりってー。

もう考えてる余裕なんてない。とにかく言われるがままに、走ってバックスタンドに到着。得点ボードを見上げると九回表の攻撃だあ。ひえー。

「どういうことですかー」

「開始が八時三〇分じゃなくて七時三〇分からでしたあ」

あちゃー。なんじゃそりゃ。

こんなアバウトさもキューバってことかと気を取り直して、とにかく、なるべく長く見られるようにと、ひたすらバッターを応援した。カクテルライトに照らし出された、グリーンのユニホームをラフに着込んだバッターの立ち姿は、歌舞伎役者が見得《みえ》を切ったようで、本当にカッコイイのだが、ピッチャーの方も球が恐ろしく速くてキレがあり、

そう簡単には打てない感じだ。

短い時間だったが、両チーム合わせて、何本かのヒットと二つの三振、計五つのアウトを見てキューバ野球観戦は終了した。本当に浅い夢のような一時《ひととき》だった。帰りがけに志の輔さんが、

「残念だったな。また次の時に見ればいいよ」

一応本人は慰めてくれているつもりだろうが、次って、そうホイホイ来るような国じゃないだろ。

まあ、とはいうものの、僕も何日かキューバの風に吹かれていたせいか、元々呑気な性格のせいか、本当に腹が立っていたわけでもなく、じゃあ一杯引っ掛けて帰るか、って感じで、バンドのオジサンがいないのを確認してからホテルに程近いバーに入って、ラム酒で乾杯。

明日はメキシコ。夜になると吹いてくる涼しい風を、少し火照《ほて》った顔に受けながら、もう一杯ラム酒を注文する……。

あとがき

ある日、今はなき池袋の〈文芸坐ル・ピリエ〉の楽屋で落語が終わってボンヤリしていると、小学生が訪ねてきた。

こんなにマニアックな場所に落語を聞きにくるなんて、感心な子どももいるものだと思い、「どうしたのかなー」と優しく語りかけると、「申し遅れました。こういう者です」と、名刺を出すではないか。

生意気に今時の小学生は名刺なんか持っているのかと、驚いて肩書きを見ると、校名ではなく東京書籍と書かれている。

東京書籍と言えば教科書で有名な出版社ではないか。急に丁寧語になって話を聞くと、僕のマクラ（落語に入る前の導入部的な話の部分）が面白いので、そんなかんじでエッセイを書いてみないか、ということなのだ。

結局、僕もいい気になって引き受けたのだが、喋るのと書くのとでは天と地ほどの違いがあるのだということに気がつくのには一日しかかからず、脱稿までには、えらく時間がかかってしまった。

あらためて読み返すと、自分のことながら、いい歳してちゃんとしろと思うのだが、どうせ、いつか死んでしまうのだから、好きなことをできるだけやって、嫌なことは忘れ、なるべく腹を立てずに生活したいという、人生の目標には忠実に生きている実感は湧いてきた。まあ、すべての人生上の責任から逃《のが》れようとしている節もあるのだが。その責任については、これから、いやでもかぶることになるのであろうから、その時に。

また、この原稿を書いている最中に、何度も落語について書こうとしたのに、結局書けずじまいでした。書きたいことは山ほどあるのだけど、今の僕の立場ではすべてが消化不良になってしまいそうだったからだ。これも次の機会の楽しみにとっておくことにしよう。

最後に、この本の企画をしてくださり、原稿の締切という観念を持っていない僕の原稿を、母親のように静かに待っていただき、東京書籍を円満退社後もいろいろとアドバイスして下さった小学生……じゃなかった、本当は素敵な女性の永井さん、ダラダラ走っている僕に最後のムチを入れてくれた小島さん、世田谷の経堂でパスタを会社の経費でごちそうしてくれた山田さんに感謝と、すべてのジャンルの、ものを書くことによって生活している方に尊敬の念をこめて、あとがきにさせていただきます。

ありがとう。

春風亭昇太

文庫版のためのあとがき　その1

　ということで、最後のページまで、おつき合い頂きまして誠にありがとうございました。

　三年程前に出した、この『楽に生きるのも、楽じゃない』を文庫に、というお話を頂き、しかも新潮OH!文庫から出してもらえるなんて、本当に夢心地です。運は名人級と呼ばれる僕の面目躍如《めんもくやくじょ》、といったところでしょうか。

　いつも、お世話になっている高田文夫先生に報告すると、「本を出して、それが文庫になって初めて、先生って呼ばれるんだよ」と、ますます僕がいい気になるようなことを言って頂き、その日のお酒の旨《うま》かったこと。

　とにかく、有り難い話なのですが、僕の薄ボンヤリした人生を振り返り、思いつくままに殴り書きした文章を改めて読み返してみると、自分でも、いい歳をしてお前いったい何をやっているんだ、と思うようなことの連続で、しかも、この生活は現在進行形であり、中途半端に時間とお金がある分だけ、たちが悪くなっているような気もしているのですが、どれもこれも自分で選んでやっていることなので、反省のしようもありません。

僕が生活するうえで基盤にしている考えは、いかに機嫌良く生きるかということに他なりません。明日、死んでしまうか解らないのに、怒ったり、悲しんだりしている時間は、あまりにもったいないと感じてしまうのです。そりゃ、人間ですから怒りや悲しみは、当然あることなのですが、その時間をいかに短く精神的にコントロール出来るかが僕の勝負だと思っているのです。

僕の師匠、春風亭柳昇の名言に「お酒飲んでて、怒ってばっかりいる人は、からだの具合が悪いんだね……その人は、早く、病院に連れて行ってあげた方がいいね」というのがあります。師匠の言う通りです。僕も楽しく飲めないようになったら、お酒を飲む意味がありません。生活も同じです、楽しくなければ生活する意味がないと思うのです。芸人をやっていれば、良い時もあれば悪い時期もあるでしょう、お金も入ってきたり、来なかったりするでしょう。それでも、その時なりの楽しみは見つけられるはずだし、気持ちを切り替えて色々なことにトライ出来る人のことを「大人」と呼ぶのだと思っています。

ちなみに、芸人としての僕の将来なのですが、僕のようなタイプの落語をやっていると、体のキレが良いうちはいいのですが、もう少し歳を取ってくると、話の内容と体のギャップで、バランスが悪くなり、つまらない落語になると思います。五十代、なんて特に危ない年齢でしょう。しかし六十代、七十代になったら、もー大変。変人じじいとなって絶対面白い人になれるのではないかと考えていますし、その時代の自分が、僕は楽しみでしょうがありません。その頃のジジイになった僕が、この本を読み返して「昔も今と同じようなことをしていたなあ」なんて感想が言えたら、僕の人生は僕なりに勝ち、といったところでしょうか……。

最後に、この本を文庫にしようと考えて下さった、青木大輔さんには本当に感謝しています。原稿遅くてすみませんでした。お礼に、旨い鮨で一杯やりますか……それとも焼肉かな……メロンをりんごみたいに剝いて食べさせましょうか。カレーパン・カレーにしますか。見せ物小屋ツアーかな。ともかく、ありがとうございました。

二〇〇一年一月

春風亭昇太

文庫版のためのあとがき　その2

『楽に生きるのも、楽じゃない』を再刊行しませんかという連絡をいただいて、びっくりした。今から一九年前に東京書籍から出版され、その後、新潮ＯＨ！文庫から出て、さすがにもう無いだろうと思っていたのに、今回、文藝春秋さんに声をかけていただいて嬉しいかぎりだ。なんだかとても得をしたような気分。掃除してたら、ちょっとくたびれた封筒の中から二万円出てきた感じ。と言ったらわかっていただけるだろうか。

一九年前といったら、僕が真打ちになってから数年たっていて、落語界の中での評価もある程度定着し、嬉々として、がむしゃらに仕事をしてた頃だったと思う。新作落語で世には出たが、落語家の必修科目でもともと手がけていた古典落語も、大手を振って演りはじめた事もあり、新作落語ではなかなかもらえなかった落語界の各賞のタイトルも、順番に取り始めていて、芸術祭大賞を受賞するのはその三年後。落語家として振り返れば、怖いものなしの、一番のっていると感じていた頃だったと思う。今思えばカワイイものだ。

今回、久しぶりに読み返してみて、驚いた事がひとつ。文中にまるで今の僕を予測していたかのように「山田君、座布団、全部持ってけー」と、あった事だ。もちろんこの頃は、「笑点」の司会はおろかメンバーにも入っていない時期である。

あれから、いろいろありましたが、一番の変化の源と言ったら「笑点」に出演する事になった事だろう。この本を書いた九年後のことだ。それまでも若手大喜利には出ていたが、「笑点」が四〇周年を迎えた時期に、メンバー入りのオファーがきた。もう、それはそれは悩みました。これが今後の落語家人生を決める決定的な大事件になる事が解っていたからだ。

「笑点」に出る前、よく「早く笑点に出るようになってね」とか「笑点に出たいでしょ」と言われていて、一般の方達からしたら「笑点」に出演することが落語家として、成功したか、しないかの基準のように思われているふしがあるのだが、事はそんなに簡単じゃない。「笑点」に出る事は「笑点の人」になることだ。それは、落語家の春風亭昇太が、「笑点」の春風亭昇太になる事なのである。それまで落語家としてやってきた事は、落語ファンには多少なりとも解ってもらっているとは思うが、その落語ファンの数とはケタの違う人数の人達に、落語家では無く、「笑点の人」と思われる事は、もっと言えば落語の出来ない落語家だと思われる場合もあるわけで、かなりのリスクを背負う事だ。それに、あの番組に出ていれば、必ず番組内のキャラクターが付くものだが、そのキャラクターによっては落語が演り辛くなる場合も考えられる。「笑点」という日本のテレビ放送史に残るような長寿番組であり、高い視聴率のあるオバケ番組に自分が飲み込まれてしまっては、元も子もないのではないか。いろいろ考えたのだが、結局出した答えは、出演する。というものだった。

一番の理由は、当時まだ生きていた静岡の両親に対しての親孝行だと思ったからだ。大学にまで入れた倅が、中退して落語家になるなんて思ってなかっただろう親に、周りの人に自慢出来るような落語家になったと思ってもらうには、「笑点」に出る事が一番いいと思ったのだ。

そして、もう一つは、「笑点」のような番組に出たら当然今までやってきた事へのバランスが悪くなる。だとしたら今までの三倍くらい、落語やサブカルな事をやればいいんだと、ある意味開き直ったからだ。もともと落語一筋なんてガラじゃないし、来た仕事はとりあえずやってみる。というのを基本にしてきたし、芸事の職業を大局的に見ることなんて、僕が死んだ後でないと、誰もわからないことじゃないか。そうだとしたら、どう見られても、もう死んでるからいいや。と思ったわけです。

ままよ、と飛び込んだ「笑点の人」も今のところ悪くはない。今のキャラクターは「結婚出来ない人」。まあ、実際してないし、ネタにはなっても落語に悪影響は無い。番組に出て顔を知ってもらった事で、仕事もスムーズに進むし、相変わらず小劇場やライブに出てサブカルな活動にも支障は出ていない。支障があるとしたら、少しだけ、大好きな立ち食いソバが食べ辛くなったくらいかな。まさか司会になるとも思ってなかったけど、こちらもまぁ楽しくやっています。

読み返して感じた事がもう一つ。俺、あんまり変わってないな……ってことです。この本を書いている頃は、今からみれば仕事量も少なく、時間はたくさん有った。でも結局外で感じたり、家の中でやっている事にはたいした違いはなく、相変わらず気ままで、おバカな時間を過ごしている僕が、少し頼もしい気がしています。まぁ読んでいて、この頃って結構ブラックな事も書いてるな。なんて思うのは、僕が少しは大人になったってことでしょうか。

最後に、この文庫の再出版の声をかけていただいた、文藝春秋の今泉博史さん、ありがとうございました。おかげさまで一九年前の自分に遭う事が出来ました。そしてなにより、全国のママさんコーラスの皆様、ごめんなさい。これは昔の春風亭昇太が書いた事でありまして、今の春風亭昇太は、すっかり改心して悔い改め、反省の日々を送っています。そして白状します。中学生の頃ブラスバンド部にいた僕は、男子が少なかった合唱部の助っ人として、合唱コンクールにも出て「知らなかったよー、空がこんなに青ーいとーはー」なんて歌って、合唱してました。すみませんでした。

一九年経つと合唱の世界も変わっているようで、「山寺の和尚さん」は猫を蹴ったりするので、動物虐待だと言う方々もいるようでして、合唱の楽曲に選ばれる事も少なくなったと聞き及んでいます。いろいろな世界で、楽に生きるのも楽じゃないようですね……。

まあ、それでも僕のほうは取りあえず、そこそこ懸命に生きて、寿命を全うするまで少しでも機嫌良く生きる時間を増やしていきたいと思って暮らしています。皆さんにも、それぞれの方に合った良い時間が持てますよう願っています。

最後までおバカな本に付き合っていただきまして、ありがとうございました。

二〇一六年一二月

春風亭昇太

【特別対談】

落語の自由

立川談春

たてかわ・だんしゅん
一九六六年、東京都生まれ。
八四年、立川談志（二〇一一年、逝去）に入門。
九七年九月に真打昇進。
二〇〇八年、『赤めだか』により、
講談社エッセイ賞を受賞。

春風亭昇太

しゅんぷうてい・しょうた
一九五九年、静岡県清水市生まれ。
八二年、春風亭柳昇（二〇〇三年、逝去）に入門。
九二年五月に真打昇進。
二〇一五年に放映されたドラマ
「下町ロケット」では談春と共演した。

二人の芸風

談春　ぼくが前座のころに、「昇太というすごくおもしろいやつがいるんだよ。なんかすごく変だぞ」って一門の兄弟子《アニ》が言ってたんです。その人は、はじけているものを認めるタイプではなかったんですが。初めて会ったのはＴＢＳの深夜番組「ヨタロー」ですね？

昇太　うん。若手の落語家を集めて深夜番組をつくっていたんだよね。

談春　土曜の夜中三時半〜五時という枠だった。何を考えたのか、落語家に落語以外のことをやらせて何かできるかもしれないって。ぼくは弟弟子の志らくと立川ボーイズというコンビを組んでいました。「ヨタロー」が一年で終わったあとに、今度は高田文夫先生が浅草キッドとかぼくらとか昇太アニさんとかいろんな人をまぜこぜにして、ライブというんですか、発表する場を与えてくれたり。昇太アニさんのことはすごい度胸だなと思いましたよ。ぼくらがコントをやってる中、ピンで着物着て一人で落語ですから。

昇太　ぼくが談春さんの落語を初めて聞いたときに、あなたはものすごく若かった。二十一、二で、キャリアもそんなになかったと思うんだけど、ものすごい落ちついたしゃべり方をしてて、「この人は、上手という才能があるんだな。すごいな」、と思いましたね。ぼくには真似ができないな、と。こんなに若くてこんなに落ちついていいのかというくらい落ちついているし。座布団の上に座った感じがいい。ぼくは今以上に落ちつきのない高座を身上としていたので（笑）、すごく驚きましてね。「この人、このやり方で勝負するつもりなんだ」と思った。

談春　天分ですね（笑）。全く努力は関係ないんですね。ウソですけど。

昇太　ただ、ぼくらはよく「芸風が対照的ですね」と言われるんだけど、落語家なので違っているのが当たり前だと思う。

談春　ぼくは、わかりやすく言えば、正統派だとか、要するに昇太の対極にあるとか言われるでしょう。それは絶対的な間違いですね。落語家は本当はみんな独自のスタイルがあってみんな変わっているのがいいんだと、アニさんが言っている通りだと思います。ぼくは、ここまで突出して笑いとかパワーということで勝負できる昇太、また志らくという人がいるなら、じゃあオレはこっちをやろう、みたいな。ただ、負けたくないというだけですね。

あのね、このごろ思うんです。ぼくなんかは、ひとつの群青色《ぐんじょう》に濃淡つけて三つぐらいの色あいでやろうとする。そこを、昇太アニさんは一期一会《いちごいちえ》でここまで徹底的にガーッとやる。こっちはトータルで考えてるけど、アニさんの「いまはいま、オレはオレ」というのはこういうことなのかと思ったですね。

アニさんは、お客さんにショックを与えた。要するに、古典落語を愛していて、古典落語は円生だ文楽だ、志ん朝だ小さんだ、と言ってた人も、昇太師匠に独自の視点でバッと落語をやられて、「こんなの絶対笑うもんか」と思っていたはずなのに笑ってしまうわけでしょう。

ぼくの問題は、もしかしたらうまいという才能を持っているかもしれないという自信が持てなかった。すごく不遜に聞こえますけど、それは自分ができることだから。できないことをやってる人について「ああ、あんなふうにやれたらいいな」と思うばかりで、できることに価値を見出せなくて、おかしくなっちゃったなあと自分で気がつき始めたころ、「おまえ、いいかげんに腹くくれよ」ってアニさんから言われた。その言葉に納得して「ああ、この人は大先輩なんだな」と思いました。

昇太　そう、本来なら口きけないくらいの先輩ですよ（笑）。

談春　年齢はね、そう、七つくらい違うから。だれに言われるかによって、素直に聞けたり聞けなかったりすることってあるじゃないですか。昇太アニさんに言われることはすごく素直に聞けた。

昇太　ぼくは言葉に説得力があるんだよ（笑）。

談春　そうそう、目は浮わついてるけど（笑）。

昇太　落語がうまくなる要素は何かというと、八〇パーセントぐらいは自信だと思う。精神的な迷いやぐらつきがあると、お客さんにわかっちゃうでしょう。だから、今やってることは正しいことである、と強く思ってないとダメなんです。談春さんはきれいでちゃんとしているんだから、自信を持ってやったほうがいいんじゃないかな、という意味で「腹くくれよ」と言った。

談春　そのとおりだと思います。ただね、ここで問題発言ですが、当人は受け入れられていると思いこんで自信満々で古典落語を語る人って、結構大勢いるでしょう。そういうのがすごくカッコ悪く思えたの。といって、「私、この程度しかできませんけど、すみませんね」と言うのも悔しいから、何かまぜこぜになって、えも言われぬ、見るほうからすると変てこなものができていたわけですね。

「うまい」とはどういうことか

昇太　ぼくは「新作をやりたい」ということで柳昇のところへ行ったからね。でも古典は要するに必修科目だから、実際、入門して五年間くらいはずっと古典だけやっていた。それで、新作をやりはじめたのはいいけど、新作だけやっても認められないな、というのがわかった。いろんな賞もいただいたりしたんですけど、取れなかった賞もあって、「これだけ受けて、なんで賞をくれないのかな」という思いがあった。新作の評価が低いというのはほんとによくわかって、だったらまた古典やっちゃえ、と思って。
新作を書くということは落語家として素晴らしいことだと思ってるんだけど、世間はなかなかそういうふうに見てくれない。新作をやってると何かおちゃらけたことのように思われることも多い。日本という国は不思議なんですよね、古典芸能をやってる人は新しいことをやるとバカにされて、古いことをやってると「ああ、この人はまじめにやってる」という感じになる。だから、談春さんを見ていて、けっこう悔しい思いをしていました。
談春　何の努力もしてないくせに、と（笑）。
昇太　談春さんの場合、古典落語をきれいにしゃべってるんだけど、じゃあこの人がだれかに似てるかというと、あんまり似てないんですよ。まあ、似ているといったら談志師匠のしゃべり方なのかな。
談春　そうですね。
昇太　だから昔の人達のうまさとは違う。きれいな言葉でしゃべってるとはいっても、言葉のチョイスは好きなやつを選んでやってるんですよ。

談春　「古典落語がいいんだからこれで覚えましょう」と先輩から教わって、自分もそのつもりでやっている人たちと比べると、やっぱり違うと思う。ただ、トーンみたいなものが聞きやすいから、「落語らしい」とか言われるけど、本当は違う。寄席に行くと、この人は本当にこの話が好きで大事にしていて、自分が思ってるとおりのことをだれかの影法師のように踏まえてやっているから幸せなんだろうな、と思うぐらいうっとりしてしゃべってる人はたくさんいますよ。

昇太　師匠から教わった落語を踏襲してそのままやっている人もいれば、何となくかたちはちゃんとしていそうで、実は中身は自分のものという人もいれば、ぼくみたいにバーッとやってしまうタイプもいる。それを全部含めて、どれがいけないというのはないんだと思う。落語の「うまい」というのはすごくむずかしい言葉でね。今は、そうやっていろんな人がいろんなことをやってるということが、お客さんも自由に楽しめる状態になっているんだと思う。

「名人」という言葉になってしまうとちょっと難しいんだけれども、「うまい落語とは何か」と考えると「想像」がキーワードだと思う。お客さんによりクリアに想像してもらえるかどうかが、うまい下手ということだと思う。上手にしゃべることそのものが「うまい」んじゃなくてね。今は昔よりも技術的に高いと思うんだよ。

談春　明治、大正期にはとびきりうまい人もいたけれど、この人どうやって生きていくんだろうというくらい下手な人がいたらしい。その点では現在の方がトータルのレベルは高いと思う。もうひとつ、いろんなタイプの芸人が中堅といわれる世代に揃っている。志の輔、談春、志らくと立川流だけでも三人いる。ぼくが落語ファンとしてこの人の噺を聞いてみたいと思ったら月の半分くらいはつかっちゃうと思う。それだけ選択肢がある。

昇太　世間では今まで、落語というのはイメージだけでとらえられていて、聞いたことなくても落語を知ってるような雰囲気になっていた。「落語家って、ああ、あれだろ、座布団の上に座って何かシャレとか言う人だろ」みたいなね。ぼくも実際に落語を聞く前はそうだったし。生で聞くようになって、余りにもびっくりして、これは全然イメージと違うわと思ってのめり込むことになるんですけど。

最近の若い人たちはそういった先入観すら持ってない。だからかえって素直に新鮮に見てくれるんだと思う。それにドラマ（「タイガー&ドラゴン」）なんかの影響で敷居が低くなったということなのかな。

談春　これも問題発言かな、志ん朝師匠と小さん師匠が亡くなったことが大きいんじゃないですか。だって、少なくとも「うまい」ということに関しては今は重しはないじゃないですか。要するに「うまい」というのはこれだというみんなの共通認識があったときとは違って、個々がうまいと思うことをやってもいい。小さん、志ん朝はもういない。自分たちが憧れた落語の素晴しさを他人まかせではなく、自分たちで観客に伝えるためにどうするか。皆が真剣に考え、演じ、それに新作・創作派が更に頑張っていて、それが勢いみたいに感じられていると思う。だから流れとしてはすべていいんでしょうね。

昇太　今から四十年ぐらい前、落語がすごくはやっていた時代と今を比べると、明らかに今のほうが落語家がバラエティに富んでいるでしょう。昔は落語の教科書となるような人たちがいて、落語ファンもその噺家たちを崇めて、「この人が最高峰だ」と決めてしまっていた。そして亡くなっても最高峰のままずーっと残ってしまって、落語ファンは、円生や文楽を越えられない、志ん生よりおもしろい人なんかいないとずーっと言い続けていたわけです。

ぼくは円生師匠の高座にちょっと間に合ったぐらいで、あとは知らない。志ん生師匠がおもしろかったとか、文楽師匠がうまかったと言われても困っちゃう。年輩の落語ファンから「きみは文楽を聞いたことある？」って言われても、年を考えてくださいよ、と（笑）。でも、すごく自慢気にそうおっしゃるわけですよ。そこでぼくは、この人たちを相手に落語をやったらダメだなと思った。神格化してるわけだから、彼らの神様より偉くなれるわけがないじゃないですか。円生、志ん生、文楽師匠がどのくらいすばらしいのかというのはぼくは語り手だから聞き手よりもよーくわかっているんだけれども、神様にはしないですよ。今来てくれるお客さんは、円生、志ん生、文楽を神様と思っていない世代なんです。そういう意味で、落語のやり方がわりと自由になった。

四年前（二〇〇一年）に志ん朝師匠が亡くなったときは「もう落語を聞く人はいない」とか、「これで東京の落語は完全に終わった」とか言う人が多かった。正直言って、それならどうぞご自由に、聞かなくてかまいませんよ、という思いだったですよ。

談春　志ん朝師匠はあまりに突然亡くなられたから、本当に愛していた人は一瞬ボーッとして、リアクションができなかったと思うんだけど。

でもわかんないよ。こんなこと言っててね、あと十五年ぐらいたったら「昇太こそが最高峰だ」とかみんなに言われて、弟子にはもう重しでどうしようもなくなる。

昇太　ハハハ。ぼくは大丈夫。最後まで絶対認められないから。

談春　ああ、そう……。そう思ってたいんでしょうね、きっとね。それがアニさんのパワーなんでしょう。

師匠選びも芸のうち

昇太　ぼくの中のおもしろい落語家の最高峰は春風亭柳昇なので、柳昇を目指していく。ただし師匠と同じことをやってもしようがないので、違うやり方をしようと思ってやっていくわけです。

談春 ぼくは志ん朝師匠が余りにもすてきだったので弟子になりたいなと思ってたときに、芸能生活三十周年記念というので師匠・談志が、今じゃ考えられないけど、『富久』と『芝浜』を独演会で二席やった。いいとか悪いとかは十五、六だからわからないにせよ、これはすごいなと思って。一人で四百人ぐらいのお客さんを前にして、みんな前のめりになってかたずを飲んで聞いている。「こっちのほうが志ん朝師匠よりすごい」と思って、適性もなにも考えずこの人にしよう、と。ただ、自分じゃなりたいからなったんだけど、先輩から「よくこんなとき落語家になるね」とは言われた。どういうことなんだろうと思った。「ほんとダメだよ、この商売」って、あのころみんな言ってました。たしかに、落語家だというだけでテレビはじめマスコミのオーディションで帰されたりもした。それを打ち破ってとりあえず仕事をポッポツ取り出したのが志の輔、昇太。その前は、みんなね、ラジオに出ても「といったようなわけでございまして」とか「するってえと」とか言っちゃうからディレクターががっかりしちゃうでしょう。ぼくらが入ったときは、「普通にしゃべれますか」と聞かれたから。

昇太 春風亭とか、そういう亭号だけでダメだった。

談春 まだ立川はいいんです。まあ、別の警戒をされるんですけどね、立川は（笑）。三遊亭、春風亭というと、笑っちゃうぐらい相手にされない時期というのがあったでしょう、ほんの二十年ぐらい前に。

昇太　ぼくが二つ目のときは、テレビの仕事は大変だったんです。でもちょうどバブルのころだったのでね、なんとか仕事はあったけれども。

談春　ぼくもおカネでどうにもなんなくなったというのはないんですよ。そういう意味じゃ、ずーっと運がいいのかもしれないですね。ただ、寄席でちゃんと修業をしてた人たちからすると、立川流って何だかわからないのが出てきて、寄席に入ったこともないから、「どう扱っていいかわかんない」みたいな戸惑いがあったと思うんです。

昇太　ぼくは完全に落語を職業として考えていた。ぼくはお芝居が好きだしコントも大好きだったけれど、コントの世界には年配の人がいなかった。だからコントという仕事は若いうちにやるもんなんだな、と。落語界にはお年寄りがたくさんいるわけですね。「ああ、これは一生の仕事になる」と思って、それで最終的に落語家を選んだんですね。

うちの師匠もボンヤリしているように見えるけど、戦争でケガをしたがためにもともと勤めていた会社に戻れなくて、それで落語家になった人だから「これで食べていくんだぞ」ということはよく言われましたね。要するに職業として選んだということを、大事にしなきゃいけない。それならば、他の人がやっていること以外のことをやって隙間を狙っていかないと食えないぞ、と。「ぼくに似ている弟子はあんまり連れていけないね」なんて師匠は言ってた。確かにそうですよね。師匠が高座に上がる前にそっくりな人が上がってそっくりな落語をやったら、うちの師匠は生きない。プロとは何なのかを教えてもらいましたね。芸人と普通の人たちはどこが違うかといったら、不思議なオーラを放つ人が芸人というんだと思ってたんです。

しゃべり手としてのぼくが最終的に目標にしているのは、ストーリーもさることながら、ある言葉をただひとこと言うだけでおもしろい人になること。志ん生師匠もそうだったと思うし、うちの師匠もそうでした。ぼくにとってはほんとにベストの選択だったですね。そういう意味で言うと談春さんもそうだと思いますよ、談志師匠を選んだというのは。

談春 それでずいぶん性格が変わったと思いますけどね。やっぱり憧れていたんでしょうね。真似しているうちに近づいてしまったんだと思います。「師匠選びも芸のうち」って、アニさんに教わったんだっけ？

昇太 それはぼくが入ったときに周りの人から言われた。

談春 ほんとにその通りですね。偶然なのかもわからないけど——。談志は勝気なように見えるかもしれないですけど、揺らいでるでしょ、結構。それにしても、談志の弟子、柳昇の弟子、志ん朝の弟子、円楽の弟子、それぞれ全然違っておもしろいですよね。

うちの師匠に言わせると、プロとは何かというと、発光している人間であって、その発光体を見に客が来るとかなんとか、すごいむずかしいことを言うのね。「会場が二万人だってオレが出なきゃ、だれも来ないだろう」（笑）って。

昇太　むかし、楽屋にうちの師匠といて、そこに談志師匠が来ていろんなことを言うわけ。うちの師匠が高座にこれから上がる直前でさ、談志師匠がワーッていうのをずっと見て、「ああよかった、この人うちの協会にいなくて」と言って、みんなでゲラゲラ笑ったんだけどさ。

こんな幸せな仕事はない

談春　ぼくは「師匠っていうのはこういうものなんだな」って全然疑問を持たなかったけれど、大学を出てきた人は悩んでましたね。自分が今まで暮らしてきた中であり得ないようなことを言うから、「なんでこの人はこんなこと言うんだろう」って。オレから言わせると、「師匠がそう言ってるんだから、みんなでやればいいんじゃないですか」って、それがまた上からすると、十六、七から言われるとカチーンと来るわけです。でも自分より二、三人上に志の輔がいて、かばってくれたし、教えてくれたし。

うちの師匠は「おまえはどう暮らしてきたかわかんないけど、おまえが今まで暮らしてきた価値観は一切ここでは通用しませんよ」ということをまず徹底的にやりますね。そういうことはしないよね、柳昇師匠はやさしいから、きっと。しないでしょ？

昇太　そうね、しないね。

談春　ただ、ぼくらが幸せなのは、惚れて入った人が何かわけのわかんないことを言うならば、辞めるか腹くくるかしかないじゃないですか。やっぱりね、ぼくらは組織がないから。寄席でがんばって修業している以上いろんな方とお付き合いするんだろうけど、ぼくらは知らない人に怒られて憤懣やる方ないというのはないから幸せだと思います。うちの師匠の前ではみんな被害者だから（笑）。そういう意味ではぼくたちは人付き合いが下手というか、立川流は小さい分だけ小回りはきくけどわがままが多いですね。

昇太　寄席は寄席ですごいおもしろいけどね。自分目当てじゃない人たちの前でしゃべるというのは。仕事だから「勉強」という言葉は使いたくないけど、いい経験にはなるね。べつにぼくを見にきたわけじゃない人たちの前でしゃべって、受けてもらうというのはすごい快感でもある。まあ、それはいろんな人が集まってやってるわけだから、前座のころは煩わしいことだらけですけどね。でも、ちょっと煩わしいこともやっておかないと、好きでやってる商売だから申しわけないな、ぐらいですね。せいぜい四、五年だから。

談春　あとは、売れる売れないを除きゃ、ずーっと好きなことをやってられる。ずっと寝てようと思えばずーっと寝てられますからね。

昇太　こんな幸せな仕事、ないよね。

談春　ただ、寝てりゃおカネが儲からないというだけで、おカネ儲からなくていいというんだったらじーっとして、ちょっと呑んでりゃいいんですから。

昇太　やっぱり落語をやってるって、すごい楽しいからね。こんな職業ないものね。完全に独りでやって、演出まで任されて。クラシックのネタがちゃんとあって、そこに自分のリズムを入れるのが許されて、新曲をかけてもいいと言われて、しかも照明がどうこうとか煩わしいことも全然なくて、座布団の上に座って仕事ができるなんて。実際、漫才みたいなものは世界じゅうにあるんだけど、落語だけは日本にしかないですからね、よくぞ日本に生まれたなと思う。

自分自身を百パーセント出すということは落語でしかできない。演劇の仕事やテレビやラジオの仕事はすべてを出すんじゃなくて、相手にパスを渡し、パスをもらっていくということでしょう。だから流れの中でゴールを決めるのが演劇だったりラジオやテレビの仕事なんです。ぼくらはフリーキックやってるわけ。

談春　大人だねえ。そのとおりですね。

昇太　ボールを好きな位置に置いて、バーンと蹴ってスコーンと入って「よっしゃあ」と言ってる。

談春　下手すりゃキーパーもいないフリーキックのときもある。独りでやってるありがたさね。

昇太　それは幸せですよ。

等身大の芸

談春　噺の中に、お客さんにわからない言葉が出てきてもぼくは全然気にしません。「あれはどういう意味なんだろう」って耳に引っかかって調べられなきゃこっちの負けだと思うし。

昇太　言葉についてはね、ほんとそうだと思う。こっちがしゃべってることをお客さんがわかんないかな、なんて思っても、あんまり意味ないな。特に今の日本という国では世代によって言葉が違うわけじゃないですか。でもわかんないわけではないでしょ。若い子たちがごはん食べて、ニコニコしながら「ヤバイ、ヤバイ」と言ってたら、これはきっと「旨い」ということなんだなってわかる。

だから、落語を生で聞いてくれたら、単語としてわからないものはあるかもしれないけど、前後の流れでもって、だいたいどんなものか想像はつくと思う。だからあんまり心配してしゃべることもないのかな、ここ五年くらいそう思うようになった。

あと、若い人たちに来てほしいとか、そんなことを考えていた時期があったんだけど、そんなのはもうおこがましいなと思う。若い人たちのためにやってるわけじゃないし、ぼくが若ぶっても実際若くないし、そんなのはカッコ悪いだけ。ぼくがぼくのものを見せようとしたほうが、結果的に若い人たちにもよりわかってもらえるんじゃないかなと思う。だから、テンポを変えたりというテクニックはつかうけれども、噺全体を「若い人が楽しんでくれるように」とか、そんなことは考えなくなった。

談春　わかってもらうテクニックはいくらでもありますよね。擬音とか表情もあるわけだし、たとえば船をこげば、何かわかるじゃないですか。

昇太　正解は自分の中にしかたぶんない。それぞれ作・演出を任されているわけだから。だからそれぞれやってることが違って、「あの人がやってることはね――」とか言ってもしようがないんだと思う。落語って背伸びしてもカッコ悪いし、等身大の芸だよね。語りだけで構成しているものだから、つくろっては無理だし、だからすごい正直な芸能。

新作落語をめぐって

談春　ぼくはまだ舞台を見たことないですが、落語家が集まって新作をやるというのはアニさんたちのＳＷＡ（創作話芸協会）が初めてですよね。

昇太　ＳＷＡの前身で落語ジャンクションという新作のネタおろしの会があった。新作を書く人って、完成しない状態で楽屋までネタ帳を持ってくる。ギリギリまで考えていたいんで。楽屋でも書いて、そして出ていくわけ。そのときに周りにいる落語家に「これこれこういう感じで書いてるんだけど、これどう思う?」と聞くと、みんな新作をやってる人たちだからわりと適切な意見が返ってきて、ほんとに役に立つ。あるいは原案なんかでも、すごいおもしろいのをポッと言ってくるんです。林家彦いち君が原案を二つ三つ持っていて、ぼくが相談に乗ってるうちに、彦いち君はある一個の原案を落語にして高座にかけた。ぼくは残った原案が頭にひっかかっていて、「これはおもしろいや」と言ってそれをバーッと書いて、そのまま上がって落語をやった(笑)。それは今でもやってる、ちゃんと残っているネタなんです。そんなことがすごくよくある。「だったら楽屋でやってることを組織立ってやっちゃえ」というのがSWAだから、こんなに相談してうまくいくものだったら、最初から相談しようよ、って。

一人で書いているとどうしてもネタが偏ってくるので、その偏りも少なくなるし、みんなが出した原案からチョイスすればいいわけだし、案は共有財産なので五人で自由にやっていいわけ。そうするとネタを練るのも五倍の早さで進むということになる。そうするためには、普通に意見を言える人たちじゃないと意味がないし、先輩だからって遠慮したりじゃしようがないので。それで自然にあのメンバーになったの。

SWAでやっていることは本当にやりたいことの一部で、もっとやりたいことはあるんだけどね。ぼくは二時間のトータルで落語会を提供したいという考えがあって、最終的にSWAでやりたいことは、ネタがオムニバスのようにくっついている状態にしたい。

談春　ちょっと見せ方を変えただけで、こんなに見るほうにとって効果があがるというんだったら、その考え方はすごくわかりやすいですよ。

昇太　見せ方の方法とかはまだまだたくさんあると思うんだよね、落語は。今っぽくするというのがカッコいいことだとは全然ぼくは思ってないんだけど、見やすくしてあげるということは重要だと思う。人間の集中力なんか今はどんどん続かなくなっているわけだし。

長さで言うと、落語は噺によりけりだから、ひとつのネタを何分にしなきゃダメだというのはべつに感じないですけれども、どういう形で落語を提供するかというのが大事なんだと思う。

構成の妙

談春　ムダなところがあるわけですから、そのムダなところが間《ま》だったり、ディテールの細かさだったり。それを本当にお客さんが聞きたいのか、こちらが伝えたいのかがすごくむずかしい。伝えたくてこれをやっていても「ああ、そうなんだ。ふーん、わかった」で終わっちゃうと、一方通行じゃないですか。このあいだ談志に言われました、「噺を削ってでも短くしろ」と。ぼくらからすると信じられないような大きいネタでも、「あんなもの、二十分か二十五分もありゃできる」とかね、「とにかく削れ。クスグリを削ってもいいから削れ」って。

昇太　それはおもしろい。

談春　このごろそう言い出してますよ。自分のは長いんだけどね（笑）。それがぼくだけに言ったことなのか、みんなに伝えたいことなのかがわからないですけど。ぼく自身は説明過多になっちゃうんです。自己チェックを怠ってしまうとものすごく長くなる。「それは気をつけなければいけませんね」と、やさしく師匠に諭していただきました（笑）、ということなんですね。

A、B、C、D、Eと構成されている噺があったとする。それをたとえばA、D、C、B、Eみたいに構成し直しますよね。またCをカットして、A、D、B、Eにする。違和感もないし、それでもっとおもしろくなったかもしれない。一回それが成功すると、これは気をつけなきゃいけないなと思うのは、今度は生理でカットしちゃうこと、ないですか。自分では確かに根拠をもとにカットしたつもりなんだけど、つまんないんじゃなくて、やりづらいところだけポーンと取っちゃう。やりやすいようにしていっちゃうことがないとは言えない。いわゆるダレ場なんですが。それでね、あるとき、これはこれで気をつけないといけないんだなと思ったことがありました。すごい人はカットした分、自分で何か新しくつくって足しますね。うちの師匠はそういう構成はうまい。うまいってオレが言うのも不遜だけど（笑）、ズバーッとここからここまで切っちゃう。

昇太　いずれにしても、やっぱり古典落語はよくできている。うん、新作をつくるとほんとにわかる。こんなネタ書けたらいいなと思うようなのが古典落語はたくさんあるからね。たとえば『権助魚』。時間の省略という落語の約束事を逆手にとって、気がついたら関節技がかかってました、というこの噺はすごい。ぼくは『権助魚』が落語の最高峰ぐらいに思ってます。

談春　自分がやるならどうやるかは考えるんでしょうけど。このネタはよくできてるなあとかってあまり考えたことがなかった。『権助魚』がよくできているなんて、言われるまでわかんなかったもんね。ぼくはね、薄っぺらいのかもしれないですけど、トーンというのかな、こういう声音でしゃべられたほうが想像しやすいだろうな、というのはあります。さっき、名人はリアルにイマジネーションを刺激すると言ってたでしょう。これは自分がただ思うだけで正しいか正しくないかはわかんないんだけど、ほんの小さなテニヲハでも、自分の感覚として気持ち悪いようにはやらない。「こっちのほうが気持ちいいだろう」という理由でやった結果「わかりやすかった」と言われることが多いですね。「気持ちいい」というのはぼくにはすごく重要なキーワードなんです。どう気持ちよく聞いてもらえるか。そのためにこの言葉は変えたほうがいいし、ここの文節は切ったほうがいいし、このトーンはこう変えたほうがいいし、そういうことにはすごく注意します。

すごい人がいるとその人のがすべて残っちゃうから、手を入れるときには相当考えたりするでしょう。手を入れるというのは大変なことで、思いきった大胆なことをしなきゃいけないみたいな呪縛も落語家にはあるように思うんです。

何かやらなきゃいけないと思うから、自分の師匠が大事にしていたネタを自分が受け継ぐときに、こういうふうに変えようとかああいうふうに変えようとかやるんだけど、それは強迫観念でもありますね。ほんのささいなことでも、そんなに無理に変えなくても、ちょっと変えるだけで、ぼくがやっている『芝浜』も、だれだれがやっている何とかいうネタになるんだというのがこのごろわかってきたんです。

そういうことで迷ってて、結構困ってる落語家が多いんじゃないですか。それがイヤだから頑《かたくな》に変えないという選択もある。だから昇太アニさんのように落語をつくる、書けるということはとてもすてきなことだと思う。むしろつくってる人よりつくれない人のほうがわかっているんじゃないかな。

直したことのない人が何か落語をつくり変えると、とんでもない落語になるときがありますよ。原型をとどめないというか、下げは合ってるんだけど、こんな人出てこなかったろう、とか、出てくるはずの人が出てこなかったりね。それでみんなうちひしがれちゃうんです。オレには才能がないと思って、「やっぱり落語をきちっとやろう」と。新作落語をつくるのと、古典落語を昇太流にリニューアルするのと、全然違いますか？

昇太　いや、そんなに変わらないかな。

談春　そうなんでしょうね。そのくらい大変なことだから、悩んでる落語家さんがたくさんいるんですよね。でも、うまくいかなくても変えなきゃいけないんだ、変えたいんだという欲求が先に立ってみんながチョコチョコ変えてるでしょう。見てて、なんでこんなことやるんだろうと思うときもあるんでしょう？

昇太　うーん……、落語はやっぱり基本的にはその人のしゃべりやすいようにするという作業はやらないとしようがないんじゃないかなとは思うな。また考えているとおもしろいしね。

それにしても、古典をやって受けたりするのもやっぱりうれしいですけどね、新作で受けたときの喜びはそれより上なんだよ。すべて自分ですからね。もっとも、古典よりよく書けたなんて思うものもあんまりないしね。逆に古典が全部すばらしいわけじゃないし、中には「あれっ？」というのがある。よく、新作は下げがなくてどうのこうのと言ってる人がいるけど、古典落語の下げでも、わけわかんない下げがいっぱいありますからね。

齢を取ってからの落語

昇太　ぼくは、ただ言葉を発しただけでおもしろい人というのが目標ではあるんだけど。五十代は五十代の落語があるだろうし六十代には六十代の落語があるだろうな。たとえば二十年後のことは今考えられないんですけどね。ただ、今よりはよくなっているような気がするけどね。

談春　カッコいいねえ。そうだ、今思い出したけど、落語家になるとき、一つだけ恐怖があったんです。オレは四十年落語家をやっても六十歳にならないんだと思ったんです。これ、売れなきゃ大変だなと思って。

そのころになると何やってるんだろう。まあ、自分が好きだと思う人は死んでるでしょうしね。あと二十年ということは、うちの師匠だって九十でしょう。

昇太　談志師匠は生きてるって、絶対（笑）。うん。

談春　自分が六十になったのにまだ師匠から、「おめえこのヤロー、もっと落語短くしろ」とか言われてさ（笑）。どうなってるかなあ。普通でいいですけどね。みんな「よくなっていると思う」とか言うけど、想像がつかない。二十年も生きてないかもしれない。狂い死にとかね。ぼくは、趣味がマイナス思考ですからね（笑）。落語界がよくなってて落語界に流れが来てる、喜んでくれる人もいる、これからがんばろうねとか、そういうのが全然ないんです。「これだけ行ったら、そろそろくすぶるぞ、いまのうちにちょっと蓄えておかなきゃ」とか、そんなんです。六十になったら六十になってやりたくなる落語って出てくるんだろうな、とは思います。今やりたくなくても、そのときにフッと触れてシンクロして、「この落語、こういう意味だったんだ」とね。落語はテキストとしては不足はないし、どこまで奥が深いかもわかんないくらい深いから。

どうするの、アニさんなんか。どんどん体力落ちちゃって、「そんな昇太は見たくない」とか言われて（笑）。

昇太　五十代をクリアできたら何とかなるような気がするんだけどな。

談春　昔言われたたな、四十で落語家で売れてりゃ大丈夫だって。意味がよくわかんなかったんだけど、「四十で売れるって結構むずかしい。それなら六十まではいける」とか言ってたけど、今は十年遅くなってるのかな。

昇太　ぼくにとって、五十代というのがたぶん中途半端な年齢なんだろうなと思う。そんなに元気でもなきゃ枯れてもいない状態だからさ。ほら、七十とかなってさ、「何やってるんだ、このじいさん」というおもしろい感じになるのが理想なんだけど。中途半端な年齢が一番どうなるかわかんないよね。でも、まだ手をつけてない部分がたくさんあるというのはすごくいいことだと思う。

談春 年取らないとできないって、そんな簡単なものじゃないでしょうけど、そんな言い方をするときがあるじゃないですか。「まだまだキミには早いよ」とか、昔の落語好きな人とかね。早いと思ったこと、一遍もないけどな。

立川流は自分で独演会をやるしか、落語をやるところがないんですよ。そうするとお客さんがそんなに変わらないから、一回やって、また「今度はよくなりました」っていうのは許されないんですよ。それは一回一回真剣勝負って、言葉ではカッコいいですけど。

名を残して売れていらっしゃる先輩方は、オレたち程度がグチュグチュ考えてることなんか、何十年も前に考えていたんだろうね。それをクリアして、ただ言わないだけでね。

落語家は裸の王様か

昇太 ぼくは落語を聞くきっかけになったのが、春風亭小朝師匠が二つ目のころにイイノホールでやった『愛宕山』。大学一年、十八のとき、それがぼくの落語のファーストコンタクトで、びっくりしましたものね。それまで落語というのはお年寄りがやって、おじいさんおばあさんが聞いてるものだとずっと思ってましたから。落語ってこんなにおもしろいんだって。電車の中でものすごい興奮して家に帰った記憶がありますよ。それは始めから幸福な出会いだった。

たとえば映画を見にいって、それがつまんなかったら、「この映画つまんないね」という話になる。ところが落語ってね、みんな同じことをやってると思われてるんですね、どうやら。だから一度落語を聞いてつまんないと「落語ってつまんないね」と言われちゃうんです。これが弱っちゃうところでね。技術も違えば、考えも違う人たちがやってるわけでしょ。その辺が落語をやってて一番きついところですね。だから花緑ちゃんが言ったのは名言だなと思うんです。「落語聞いてつまらなかったら、落語がつまらないんじゃなくてその人がつまらなかったんだと思ってくれ」と。本当にそうだと思います。ぼくの落語を聞いてつまんなかったら、これは昇太がつまんないんです、落語がつまんないんじゃなくて。

何かこう、ちょっといい感じになってるでしょう、落語界が。だからこういう機会にそういうのがわかってくれたらいいなと思ってるんですけどね。

それにしても、自分が百パーセントの職業って、ほんとに少ないですよね。王様ぐらいかな。王様か落語家ぐらい。

談春　そうだね。王様か落語家。これはいい下げですね。なってみるとあんまり一人なんでバカバカしくなっちゃうんですけどね（笑）。そうか、いつも一人でやるのは落語家と王様だ。でも、王様は数が少ないからね。落語家はいっぱいいる。

昇太　王様は一人だと王様じゃないしな、考えてみたら。じゃあ落語家は裸の王様か（笑）。ただ、落語家は機嫌がよくないとね。

談春　そうなんですよね。ひと言ひと言が重いでしょ、機嫌よくないとダメ。「機嫌よくないと」という言い方はいいね。それがなかなかできないんですよ、ぼくは。

昇太　あんまり突き詰めてものを考えないことですかね。わからないけど。何だろう。

談春　あんまりクヨクヨしないことでしょう。それでもね、イヤなときあるんです。イヤなときあるんですけどね、やっぱりお調子者なのか、高座に上がっちゃうと一生懸命やるんです。出るまですごいイヤなんだけど、出るとすごく楽しいから、ちゃんとやんなきゃ、と。

昇太　そうだねぇ。ギャラなんかも全然違っても、同じようにがんばっちゃうんだよね。

談春　そういうことの計算できる人は、落語家にはならないですね。

（「文學界」二〇〇五年九月号）

単行本　一九九七年十一月　東京書籍刊
一次文庫　二〇〇一年三月　新潮OH!文庫刊

再文庫化にあたり、修正を施し、対談「落語の自由」を加えました。

『山寺の和尚さん』作詞・久保田宵二／作曲・服部良一
『証城寺の狸囃子』作詞・野口雨情／作曲・中山晋平
『ちいさい秋みつけた』作詞・サトウハチロー／作曲・中田喜直
『空がこんなに青いとは』作詞・岩谷時子／作曲・野田暉行

DTP制作　エヴリ・シンク

本書の無断複写は著作権法上での例外を除き禁じられています。
また、私的使用以外のいかなる電子的複製行為も一切認められておりません。

文春文庫

楽《らく》に生《い》きるのも、楽《らく》じゃない

定価はカバーに表示してあります

2017年２月10日　第１刷

著　者　春《しゅん》風《ぷう》亭《てい》昇《しょう》太《た》

発行者　飯窪成幸
発行所　株式会社　文藝春秋

東京都千代田区紀尾井町 3-23　〒102-8008
ＴＥＬ 03・3265・1211
文藝春秋ホームページ　http://www.bunshun.co.jp

落丁、乱丁本は、お手数ですが小社製作部宛お送り下さい。送料小社負担でお取替致します。

印刷・図書印刷　製本・加藤製本

Printed in Japan
ISBN978-4-16-790802-7

文春文庫　最新刊

火花
売れないお笑い芸人徳永は先輩の神谷に魅了されるが
又吉直樹

大晦《おおつごも》り 新・酔いどれ小籐次（七）
火事で娘が行方知れずに。焼け跡からはお庭番の死体
佐伯泰英

検察側の罪人 上下
時効事件の重要参考人を巡って対立する二人の検事
雫井脩介

夢をまことに 上下
近江の鉄炮鍛冶が日本で初めて反射望遠鏡を作るまで
山本兼一

ソナチネ
生と死とエロスを描きつづける著者の、圧巻の短編集
小池真理子

ボラード病
復興の町で執拗に繰り返される愛郷教育。問題作
吉村萬壱

思い孕《はら》み ご隠居さん（六）
十七で最愛の夫を亡くしたイネのお腹が膨らみ始め…!?
野口卓

紫草の縁 更紗屋おりん雛形帖
想い人の帰りを待ちながら大奥衣裳対決に臨むおりん
篠綾子

ゴールデン12
世界的評価を得た著者の全短篇から選ばれた12の傑作
夏樹静子

史伝 西郷隆盛
薩摩の風土と島津家の家風から浮かび上がる英傑の実像
海音寺潮五郎

鬼平犯科帳 決定版（四）（五）
読みやすい決定版「鬼平」、毎月二巻ずつ順次刊行中
池波正太郎

女を観る歌舞伎
歌舞伎に登場する女たちへの時代を越えた共感と驚き
酒井順子

直木賞物語
波乱万丈にして人間臭さ全開の直木賞ドキュメント！
川口則弘

漱石の印税帖 娘婿がみた素顔の文豪
生誕百五十年。漱石を巡る謎の数々を娘婿が紐解く
松岡譲

とめられなかった戦争
なぜ日本は戦争の拡大をとめることができなかったのか解説
加藤陽子

実況・料理生物学
牛乳はなぜ白い？　料理をしながら科学する名物講義
小倉明彦

楽に生きるのも、楽じゃない
好きなことだけして生きる。「笑点」司会者の呑気な日常
春風亭昇太

民族と国家
21世紀最大の火種、「民族問題」の現実を解き明かす
山内昌之